輕文選
LIGHT LITERARY SELECTIONS

消失吧，群青

河野 裕

目次

消失吧，群青

無論何處都存在著令人遺憾的事物。

生鏽的鞦韆、已沒有主人的狗項圈、抽屜深處的獎狀、裝飾在博物館中的骨骼標本、膽小鬼的心動、令人懷念的夜空。

這些全都停滯不前。無法與未來有所聯繫，只能待在回憶之中，因寒冷而顫抖地蜷縮著身子。雖然讓人覺得可悲，卻同時帶有一絲安穩。至少它們再也不會因什麼事物而受傷。

我的日常生活也像這樣就好了。

就像所有故事全都完結，一切都從終章的翌日開始那樣。我一直都在追求工作人員名單播放完、觀眾離開座位後的那種靜寂安心感。

「你和我很像呢。」活了一百萬次的貓說道。

「哪裡像呢？」我回問他。

活了一百萬次的貓露出看起來很痛苦的表情笑道：

「簡直就像在試圖避開愛行走一樣。」

他是一名宛如高腳落地燈的青年。身形弱不禁風，總是戴著一頂寬沿黑帽。聽說比我大一歲，所以應該是十七歲吧。不過他幾乎從不來聽課，基本上都待在學校屋頂，一面翻閱自圖書室裡帶出來的書，一面喝著盒裝番茄汁。

我們靠著銀色的欄杆，並肩坐在冰冷的水泥地面，我心想這天氣差不多該準備一件外套了。待在座落於半山腰的校舍，而且還是屋頂上，根本沒有任何物體可以擋風。已經十一月中旬了，之後氣溫還會逐日下降。

「結果我還是無法愛上別人。」

活了一百萬次的貓含住番茄汁的吸管，又馬上鬆開。

「又或者我打從心底只愛她一個人也說不定，我也不太清楚，記不得了，無論哪種情況都一樣啊。」

他當然不是貓。

也肯定沒有活過一百萬次。

他的前世也好，他活過幾次也好，這些事都與我無關。既然他自稱是活了一百萬次的貓，那就這麼稱呼他吧。

「你曾想像過家貓的人生嗎？」他問。

「既然是貓就不能叫做人生。」我答。

「我還不習慣人類的語言啦，你可不可以不要太講究。」

「嗯，是我不好。」

「我喜歡坦率的人唷。不過，面對家貓還不表現得坦率的人，哪裡都找不到啦。」

「你到現在都還被誰豢養著嗎？」

「怎麼可能，這裡只有棄貓和被捨棄的人而已。」

「真可悲啊。」

「就是說啊，可是比起家貓的生活，現在這樣或許還稍勝一籌。比起跟已結束的愛糾纏不休，我寧願被乾淨俐落地拋開。」

「我無法想像已結束的愛是什麼模樣。」

「你說的話很像夢話呢。」

或許吧，我回答。接著漫無目的地仰望天空。

說到夢，這裡的生活才像一場夢。

我們學校的正門口掛著「柏原第二高級中學」的門牌，然而我沒有曾經從誰口中聽過這個名字的印象。因為這是這座小島上唯一的一間學校，所以在日常生活中沒有必要為它留下專有名詞，只要說是「學校」就萬事足矣。

這座島與外界隔絕。對我們而言，這個面積約七平方公里左右的彈丸小島就是全世界，而且其中有七成還是無人居住的山岳。我來到這座島上差不多經過了三個月，但至今仍對這裡的生活欠缺真實感。

活了一百萬次的貓說：

「家貓的工作就是被人疼愛，然而凡事只要變成工作就會容易疲乏，我已經受夠了被疼愛的感覺。」

你說的話很像夢話呢，我如此回應。他只是聳聳肩，似乎對我的話聽而不聞。

「我在一百萬次的人生中，針對幸福思考了一百萬次。」

「有得到答案嗎？」

「如果中途得到答案的話，就不會思考一百萬次了吧。」

「說得也是。」

「不過我大概猜得出來，其實幸福就像在感受風。」

「好詩意啊。」

「普遍來說貓都是很詩意的，你可曾遇過沒有詩意的貓嗎？」

「我也不清楚，因為大部分的貓都不會說話。」

「沉默就是詩意啦。」

他以「這不是常識嗎」的眼神朝我一瞥，然後又含住番茄汁的吸管，回到原本的話題。

「所謂的感受風啊，就是指移動。假設有一面以很大的字寫下『幸福』二字的黃色旗子，孤零零地豎立在一處……」

我想像起他口中的那面黃色旗子。它位在遙遠的地方，就在這片汪洋大海對岸隱約可見的大陸上，因為沒有風吹拂而無力地下垂。

活了一百萬次的貓繼續說道：

「不過，並不是僅僅待在旗子下方縮成一團就行啊，無論是怎樣的樂園、多麼令人滿足的地方，一旦停滯就不能稱作幸福。朝著旗子一點一點前進，這段移動過程才是幸福的本質。」

「我明白你想表達的意思了。」

「是吧？也就是說，所謂的幸福和家貓正好相反啊。」

「而且也和這座島正好相反。」

我們無法移動到其他地方。

或者我的理想本來就是如此，和任何地方都沒有聯繫。

「你說得很對。」

活了一百萬次的貓瞇起雙眼，淺淺地哼笑了一聲。

之後我們聊了好一會兒，都是些不值一提的內容。例如貓的自由與風的自由之間的差異，或是沒有語言的動物要如何思考等。大部分都是由他提出見解，我再加以附和。他總是埋首於書本間，偶爾也想找人聽他說說話吧。

我喜歡單純附和他人的話語。這當中我尤其喜歡不帶具體性、不會影響到現實、既無益處也無害處的話題。所以我很享受和活了一百萬次的貓待在一起的時光。

夕陽西下，我再也耐不住寒冷，於是站起身來。

「要回去了嗎？」

「嗯，我明天還會再來。」

我們面對面簡短地作了道別。

「再見。」

「再見。」

活了一百萬次的貓身後是一片懸浮著夕陽的天空，還有在夕陽輝映下波光粼粼的海面。海邊與山麓下，各有一塊宛如身軀蜷縮著的小貓般的小規模聚落。屋頂有紅也有藍，不過牆壁大多漆成白色。為何外牆要用最容易被弄髒的顏色呢？有點不可思議。

風景中明亮的部分全被夕陽染成淡粉紅色，四處都有深色的影子屈身落腳。

一道階梯從山腳下的聚落一路延伸上來，連接到我們位於半山腰的學校。

這裡被稱為階梯島。

階梯由此繼續延伸到山頂，據說山頂有座魔女居住的宅邸，但真相如何就不得而知了。

＊

這是關於階梯島的故事。

生活在島上的居民約有兩千人。商店數目不多，因此時常令人感到不便，但這裡既不會發生稱得上案件的案件，晴朗的夜晚還能看到震撼人心的星空。我們在此過著平淡安穩的日常生活，而沒有人能離開這座小島。

無人知曉我們為何會來到這座島上，所有人都將當時的記憶給忘得一乾二淨。

以我為例，我大概喪失了四天的記憶。

我來到這座島的時間是八月底。我還記得自己在二十五號走出家門，為了前往書店而穿過附近的一座公園，然後記憶便在此戛然而止，之後恢復意識時已是二十九號，那天我莫名其妙地站在階梯島的海岸上。總覺得追著兔子追到掉進洞穴裡的愛麗絲，還比我的狀況合理一些。這座島上的居民都是跳過過程，不知不覺間就迷失在這座島上。

這裡似乎是屬於被拋棄的人的島嶼，人們如此口耳相傳。

究竟是被誰、以怎樣的方式丟棄，沒有人知道。也很難想像用來丟棄人類的島嶼真的存在於現代社會之中。

不過，當我聽到「這裡是被丟棄的人的島嶼」時，卻不可思議地坦然接受了這個說明。我沒有感到難過或混亂，只是恍然大悟「啊，原來我被丟棄了」。我甚至還一副事不關己地思考——才只有十六歲卻連住的地方都沒有，這樣的人生真是相當艱苦啊。我會這樣，大概都是因為缺乏真實感吧。

事實上，來到島上後，我幾乎沒有碰上任何食衣住行等現實面的問題。之後的三個月，我悠然自得地過著平穩的生活。到島上唯一一間學校上課，住在位於山腳的宿舍，心血來潮時還可以稍微打點零工，偶爾到屋頂上和活了一百萬次的貓聊天。回頭想想，現在的生活說不定比我造訪這座島之前還要來得更安定。

階梯島這個地方當然充滿謎團。

這裡的由來為何？是個怎樣的地方？沒有人能正確回答出來，甚至從來沒有聽說過一個即使不正確但具有說服力的說法。

有人忿忿表示這裡是死後的世界，也有人一臉興奮地揚言這裡是政府祕密建立的實驗設施，還有傳言說這裡是高價收購廢人的企業所擁有的島嶼，也有人把一切歸咎成一場夢。無論哪種論調都缺乏根據。

關於這座島，我持有一種假說。

那個假說跟『死後的世界』這種說法一樣偏離現實，不，或許更誇張；甚至比『高價收購廢人的企業』這種傳言還要令人絕望。

我至今未對其他人提過這個假說。

今後恐怕也不會對任何人提起吧。

我不打算解開這座島的真相。活了一百萬次的貓說，移動才是幸福的本質，可是我並不討厭安定下來的停滯狀態。也許這裡是個距離幸福很遙遠的地方，但同時也是遠離不幸的地方。只要並非不幸，就能堅稱是幸福。

至少這座島目前正處於安定的停滯之中，所以我才不去追尋階梯島的真相，我是如此打算的。

而我奇妙但安定的日常生活，在十一月十九日上午六點四十二分崩解了。正當即將入冬的夜晚破曉不久、呼出的空氣開始變白的早晨，我一見到她的臉，就感覺到有什麼大事要發生了。那是我不願看到的變化。

真邊由宇。

這則故事在無可奈何下，自與她相遇的那一刻開始了。

第一話　唯一無法容忍的事

1

這場重逢，想必沒有什麼命運的成分混雜在裡頭。

再說階梯島上的學校只有一所，她最後也只能到那裡上學。儘管會遲一些，但幾個小時之後我們終究會碰到面，所以一切都能用『偶然』這兩個字來解釋。

事情的開端不過是因為我久違地夢見自己在海邊仰望夜空，如此而已。

做了個有點感傷的夢，我比平常還要早醒來，也無意再重回被窩的懷抱，於是我穿上外套走出了宿舍。我一時心血來潮，想一個人在清晨裡走走。像這樣嘗試性地去做某件事，我至今也曾實行過好幾次。島上的黎明除了颳強風的日子之外，都像早晨的圖書館一樣安靜，空氣清新，正適合散步。

大概是受到夢境的影響，我挑了沿海的小路漫步。

雖然沿海，但這裡並沒有沙灘，不適合穿泳裝玩樂，只有浪濤嘩啦嘩啦地打在跟我胸口差不多高的堤防上，是條毫無風情可言的路，但我偏偏喜歡它的毫無風情。我從以前就是這樣。我能夠明白價格昂貴且美麗大顆的鑽石會受人喜愛是理所當然的事，但我認為對路旁的小石頭或有點凹陷的空罐加以青睞的情感，才算貨真價實的愛。「古樸閑寂」這個詞讓我有種被救贖的感覺。

太陽從海平面探出頭來，到了朝霞迎曦的時間。隱約能夠看見山對面的西方天空仍殘留著夜色的痕跡。影子長而濃，不過光線並不像薄暮時那般張揚，我很喜歡這段時間，就跟喜歡這段毫無風情的沿海小路一樣道理。

我無意間瞄向手錶，指針指著六點四十二分。口中呼出的氣息染上了白色，我意識到冬天已經近了。

就在這時候——

「七草。」

聽到有人呼喚我的名字，我抬起了頭。

堤防上站著一名少女。

少女穿著眼熟的水手制服，肩上斜揹著款式簡單的深藍色書包。微弱的朝陽在她白皙的肌膚上淡淡地渲染出顏色，柔順的黑髮隨著來自海上的徐風飄動。

她就站在堤防上，筆直地望著我。那樣的身影看起來頗具戲劇性，就好像昏暗朦朧的景色之中，唯獨她一個人鮮明地浮現出來似地。為何直到剛才我都沒有注意到這麼顯眼的少女？我經常會漏看重要的事物。

「真邊？」

我下意識地停下腳步，心裡非常震驚，感覺全身的血液瞬間被抽走——那女孩是真邊由宇。真的嗎？這怎麼可能！

真邊毫不猶豫地沿著堤防朝我走來。

「好久不見，七草。」

「啊，嗯，好久不見。」

「有兩年沒見了？」

「差不多吧。」

「七草一點都沒變呢，我一眼就認出你了。」

我才想這麼說呢。

真邊由宇還是真邊由宇，跟我記憶中的她一模一樣，聲音、步調、表情，一切都是那麼一絲不苟。現實中沒有完美的直線，除了她之外，其他人都在某些地方偏了歪了，所以她看起來才會如此突兀，就好像拙劣的合成照一樣，與這個世界格格不入。

她從堤防上跳下來，站到我面前。咚！宛如斷音的著地聲，響徹於朦朧的清晨景色中。

「我有事想問你。」她說。

「嗯？」

「這裡是哪裡？」

「階梯島。」

「沒聽過耶。」

「似乎也沒有標記在地圖上。」

「為什麼我會在這個地方？」

「我怎麼知道？」

「那七草你呢？」

「這我也不知道。」

「明明是你自己的事，你卻不知道？」

「妳不也一樣。」

為什麼自己會在這座島上，真邊本人也無法理解。

不過她點了點頭，大概是因為不得不接受吧。

「話說回來，我不太想上學遲到。」

「是喔。」

「這裡是橫濱嗎？」

「誰知道，其實我也不太清楚。」

然而有些事我可以掌握。

真邊由宇對階梯島一無所知，今天早上才初來乍到。

「有點儀式性的事要進行，妳可以配合一下嗎？」我向她問道。

「需要花多少時間？」

「不用幾分鐘就結束了。」

「我明白了，可以啊。」

階梯島上有幾條規則。

按慣例，剛造訪這座島的人遇上的第一位島民必須負責說明這些規則，我當時也是這樣。

「妳叫什麼名字？」

「真邊由宇。你忘了嗎？」

「當然沒忘啊，這也是儀式的一部分。」

說明規則時首先必須詢問對方的名字，設計者肯定沒有設想過原本就認識的人會在這裡碰面的情形吧。

「這裡是被丟棄的人的島嶼。想離開這座島，真邊由宇就必須找出失去的東西。」

這是階梯島上最基本的規則，不知道是由誰提出的。普遍認為是住在山上的魔女，不過魔女真的存在嗎？

「被丟棄的人的島？什麼意思？」

「就是字面上的意思啊。在這裡的人全都是被丟棄的人。」

真邊皺起臉龐，就連那扭曲的表情看起來都很直率。我心想「還真是矛盾啊」。

「被丟棄的人是指什麼？」

「不知道，不過人們常說吧，像是被戀人拋棄、被公司拋棄等等。」

「七草也被丟棄了嗎？」

「嗯，妳也是喔。」

「被誰？」

「誰知道啊。」

「被不認識的人丟棄，這種事有可能嗎？」

真邊由宇生性就是無法將疑問放到一旁。

只要有什麼事她無法理解，她就會不斷地發問，無論何時都追求著完美正確的答案，而且相信它確實存在於這個世界。

然而現實中的確存在無法回答的問題。更何況是像我這種人，從來沒有對某件事給過正經的答案。

「很有意思的疑問，不過妳不希望上學遲到吧？我們邊走邊說吧？」

「要去哪裡？」

「去找一個比我更瞭解詳情的人。」

「什麼樣的人？」

「見了妳就知道。」

真邊點了點頭，我們邁開步伐。

「話說你不覺得今早的氣溫很奇怪嗎？」

「妳以為現在是幾月啊？」

「不是八月嗎？不過就快進入九月了。」

「不，現在已經是十一月了。」

看來真邊最近三個月的記憶全都沒了。造訪階梯島的人都會喪失來此之前的記憶。

「莫名其妙。」真邊表示。

「我也有同感。」我回應。

我在心底偷偷嘆了一口氣。與她重逢讓我升起焦慮、煩躁、憤怒等負面情緒，但我握緊拳頭，忍著不表露出來。

在早晨的海邊與她重逢並不是什麼大不了的事，一切都可以歸結為偶然，但令我無法接受的是更根本的事情。

——為什麼真邊由宇會在這座島上？

我不明白為什麼，也不想去明白。這既沒道理，也不應該發生。

老實說，唯有她的臉，我絕對不想再看見。

＊

第一次見到真邊由宇是在我小學四年級的時候。

不，嚴格說來，第一次相遇應該是在更早之前。我和她上的是同一所小學，如果把簡短的對話也算進去，想必在更早之前我們就已經交談過了。話雖如此，我真正明確地意識到真邊由宇這個人的存在，是在小學四年級某個冬日的回家路上。

當時的真邊由宇，簡言之就是個遭到欺凌的孩子。小學生一到四年級便多少懂得一些社會性的常識，班級內部開始出現派系，在交談中察言觀色的技巧也變得很重要。

而真邊由宇是個對這些事很生疏的孩子。

雖然不知道起因是什麼，但她被班級中處於領導地位的女學生——名字已經想不起來了——給盯上。小孩子的惡意都很直接，因此也曾發生一些就連我這個旁觀者都覺得看不下去的事情。

無論受到多麼不講理的單方面欺侮，真邊由宇都未將任何情緒顯現在外，也不曾哭泣。即使她的體育服被扔進水窪、室內拖鞋被人用麥克筆塗鴉，她都只是一臉不可思議地偏頭納悶。

當時的我以為那是她竭盡所能裝出來的逞強。

如今我終於明白其實不是那樣。

真邊由宇真的純粹覺得不可思議。為什麼體育服非得被扔進水窪不可呢？她無法順利理解整件事的來龍去脈。感受不到惡意的她，既無法感到悲傷也無法動怒，所以她才會偏頭表示不解。

我並非正義使者，所以沒有想過要為她做點什麼，就連對他人見死不救的態度也沒讓我心生罪惡感。我似乎還曾經設想過幾次，倘若她向我求助，我真的能為她做點什麼嗎？細節我已經記不得了。

不管怎麼樣，小學生雖然具有如此陰暗的一面，但還是擁有純真的地方，以牛奶為例——

牛奶是一隻白色幼犬。

牠應該是一隻棄犬，脖子上雖然沒有項圈，但毛色很乾淨。牛奶三不五時會出現在校園中，每次都讓班上同學歡欣無比，我也曾經餵牛奶吃過幾次營養午餐剩下來的麵包。在牛奶面前，教室內的階級制度都變得絲毫不重要，每個人都成了大人理想中的純真孩童，這種兩面性想來還真是滑稽。

在我們的小小世界裡，牛奶是和平的象徵。難以用言語表示的某種秩序，具體呈現在這隻白色幼犬上；另一方面，真邊由宇則具體呈現了何謂沒道理。

就在某個冬天的回家路上。

人見人愛的牛奶流著血倒在地上。

一眼就能看出牠遭到車禍，後腳的部分似乎被壓碎了，肚子上柔軟的毛還微微上下起伏，那緩慢的動作很不可思議地留在我的記憶中。

當時剛好是放學時間，大批孩子站得遠遠地圍觀牛奶。「好可憐。」有人毫無責任感地如此呢喃道，我也有同樣想法。

在場的每個人都只是旁觀者。

沒人打算成為牛奶車禍的當事者。

只有一人例外，那就是真邊由宇。

她跑到牛奶身邊，毫不猶豫地抱起牠，血跡在白色制服上暈染開來，一片鮮紅。我記得有人嘟噥了一句「好髒」，但這點我實在無法認同。在我看來，她十分耀眼。

真邊由宇邁步跑了起來。

我不假思索地追在她身後。如今我已想不起當時自己抱持著什麼樣的心情，總之我就這樣在她後面追著。

真邊由宇筆直地跑著。

她的表情並不悲愴，只是一臉認真，專心地看著前方。似乎壓根兒就沒想過她懷中的牛奶已經奄奄一息了。

「沒問題的。」她喃喃說道。

「絕對沒問題。」

回想起來，在我的記憶中，那是我第一次聽到她的聲音。

不過到達動物醫院時，牛奶已經沒有呼吸了。

醫生搖了搖頭，那一刻我見識到了真邊由宇哭泣的臉龐。

她皺起臉來放聲大哭，猶如野獸的嚎哮。她穿著血跡斑斑的制服，眼淚滾滾滴落，用盡全身力氣痛哭。

我應該沒有哭，不過也可能哭了，記不清楚。

她的身影太過鮮明，以至於我想不起自己當時的模樣。

真邊由宇和我變得熟稔起來，就是從那天開始的。

那天以後，到她在國中二年級的暑假搬家為止，我們幾乎每天都一起行動。

愈是瞭解她，就愈發現她很特殊。她眼中的世界似乎充滿希望，努力一定會有回報、理想一定會實現，她對此深信不疑。

為什麼呢？

牛奶明明就死了。

為何她還能夠堅信這世界是合理的呢？

雖然我好幾次浮現這個疑問，但終究沒有詢問她。

2

這個狹窄的島嶼只有極小一部分是平地，我們穿過位於該平地的小鎮，往山上走去，一步一步爬上這條漫長的階梯。每踏出一步，我們的高度就往上升——當我從林木間隙看到變得愈來愈小的街道時，便會有這樣的感覺。

一面爬著階梯，我一面說服真邊今天是十一月十九日。看來即便是她，要接受自己整整喪失了將近三個月的記憶，多少還是需要點時間。

「喪失記憶會讓人連是否忘卻了都不知道嗎？」

「我想應該視情況有所不同吧。」

我才不懂喪失記憶的詳細症狀。

發現她的眉頭皺了起來，我問道：

「妳的心情似乎不太好。」

「要說心情不好，算是吧。」

她的回答難得一見地模稜兩可。

「沒有記憶果然會覺得不安？」

「應該說這種模模糊糊的感覺令人很在意吧，要是有什麼重要約定，就麻煩了。」

「就算妳記得約定也沒辦法遵守啦，因為我們無法離開這座島。」

「無法離開？這是什麼意思。」

「就是字面上的意思啊。妳看！」

我在階梯中途停下腳步，回過了頭。早上七點半，夜晚的影子終於完全消失，小鎮與海面照耀在樸實的光芒之中。

「這座島四面環海，沒有出口。」

「不是有船嗎？從這裡看得到喔。」

海上的確有幾艘小船載沉載浮，全都是用來打魚的船隻。就地理環境而言，這座島上有很多漁夫也是理所當然的。

我對她聳了聳肩。

「據說就算駕著船想越過這片海，也會回到這座島上。」

「為什麼？因為潮汐的關係嗎？」

「我不知道啦，如果是這種現實的理由就好了。」

我並沒有試著離開這座島過，這些都只是聽來的傳聞，對於傳聞我也沒有認真去確認。

「但是，看得到陸地喔。」

真邊指著大海遙遠的另一端。

順著她所指的方向的確可以看到一塊陸地，雖然霧茫茫的看不清楚全貌，但面積似乎相當大。

「嗯，不過沒有人能到達那裡。」

我們再次向前邁出步伐。

「總之，據說離開這座島的方法，就只有找出失去的東西。」

「失去的東西？」

「有什麼頭緒嗎？」

「我現在身上什麼都沒有喔？」

「說得也是。」

突然被拋到這座島上，還被交代要去找回遺失的東西，只是讓當事者徒增困擾而已，可供選擇的東西實在太多了。

真邊的呼吸愈來愈粗重，她在喘氣之餘開口：

「馬上能想到的可能選擇，應該是這三個月的記憶吧。」

「總之就把它當第一候選吧。」

抱著相同想法的人很多，畢竟每個人都失去了造訪階梯島的記憶。只要回想起自己是如何來到這裡的，或許就能夠串起離開島嶼的方法，以邏輯來說這個想法很合情合理。

「要回想起忘掉的記憶嗎？」

「首先就以此為目標吧。」

「七草呢？你在尋找什麼？」

「我什麼也沒找。」

「為什麼？」

「這裡的生活並不差啊。」

平穩又安定，每天早上也不必被迫聆聽令人生厭的新聞。發生於某地的某起犯罪消息、誰誰誰的緋聞等等，我實在不覺得每天都從這類負面話題開始的生活叫做正常。

這座島上也能接收到電視訊號，有心關注的話可以收看新聞，不過那些播出內容是與我們毫無關聯的世界所發生的事，就如同遙遠國度的犯罪案件或者陳年失色的紛爭。既然毫無關聯，人們便慢慢失去興趣，變得更純粹地為自己的日常著想。

「但是七草你真厲害。」

「哪裡？」

「父母都不在身邊，卻還能在這裡活下來。住的地方、飯錢等等，我想各方面都很辛苦吧。」

我搖了搖頭。

「只是要過活的話，這座島上其實用不到錢。」

至少學生無須吃苦就能生活。

「為什麼？」

「關於這點，就讓接下來要見的人跟妳說明吧。」

「要見的人是誰？」

「學校的老師。」

學校就位於象徵這座島的階梯上。

階梯實在太多了，一邊爬行一邊說話相當費勁。

重力、人體構造、當然還包括學校的位置，以及這世間的不合理之處，我在心底對這些事發起牢騷，直到連這麼做都嫌麻煩時，視野突然豁然開朗，終於看到學校了。

「就在那裡。」我開口。

階梯到此戛然而止，換成了平緩的坡道。

前方有個小操場，三棟校舍並列而建。正面右手邊的校舍是國中部，左邊是高中部，正中央的校舍幾乎都是空教室，不過教職員室、保健室與學生餐廳都在裡頭。

「學生餐廳？」

真邊吃驚地問道。

「把食材運到這種地方？」

「嗯。」

「誰來運？」

「學生們分工合作，有這類打工喔。」

上學的同時還能賺取零用錢，這種打工因此受到學生歡迎。實在很令人難以置信。我也曾經嘗試過一次，但馬上就後悔了，我壓根兒不想回憶起那袋裝有洋蔥的沉重背包。

我們在操場入口處站著小歇一會兒，調勻呼吸。

然後慢慢走往位於正前方校舍的教職員室。

換上訪客用的室內拖鞋後，我們在鋪著亞麻地板的走廊上前進。

腳步聲啪噹、啪噹地誇張作響，大概是因為尺寸不合的關係吧，腳趾處很不舒適。

我敲了敲門牌上寫著「教職員室」的房間。

「我是高中部一年級的七草。」

報告之後，房間裡有人回說「請進」，聲音略顯模糊。

我推開門。或許是因為距離早上的班會大概還有一個小時，教職員室中只有一位老師在，正好是我的班導。她坐在最裡頭的位子，桌上放著一杯熱氣蒸騰的咖啡。

真邊停下腳步，站在原地靜靜地注視著老師。

我覺得有必要為她做說明，於是開口：

「她是我的班導，大家都叫她匿名老師。」

這並非本名，沒有人知道老師的名字，也幾乎沒有學生看過她的真面目。

匿名老師的臉隱藏在白色的面具下，那是從眉毛上頭一直遮掩到鼻端附近的款式。頂著會讓人聯想到化妝舞會的外觀出現在學校的教職員室裡，這樣的畫面果然相當詭異。

真邊小聲地問：

「她一直都是這樣嗎？」

「嗯。」

「好特別的老師啊。」

「她是位好老師喔，雖然有點與眾不同。」

我們一走近，匿名老師就轉過椅子面對我們。

「真不好意思啊，讓妳見到這副模樣。」假面下的嘴角微微勾起笑容。

「為什麼要戴這種東西？」

真邊的提問總是這麼直接。

老師將臉稍微轉向我這邊。

「我稍後再跟妳說明。」我說道。

匿名老師有學校恐懼症。

來到這座島之前，她的職業就是教師。具體情形我雖然不太清楚，但似乎在種種原因之下，她變得害怕站在學生面前。

既然如此只要辭去教師的工作不就好了？然而她的骨子裡卻是個充滿理想的熱血教師，不想放棄教職。於是她遮住容貌、隱姓埋名，總算能夠正常地與學生接觸。我覺得她很可憐。比起害怕學校這件事，都到了這種地步還是無法放棄教職這一點更讓人覺得可悲。

匿名老師拿起桌上一張A4大小的紙。

「妳是真邊由宇同學吧？」

「是，為什麼妳會知道我的名字？」

「這裡有寫。」

「那是什麼？」

「是履歷喔。」

「為什麼會有這種東西？」

「郵寄過來的，因為這是必須的啊？畢竟妳要成為這裡的學生。」

「履歷是自己寫的東西，選擇就讀哪所高中也是由我決定，我不記得我有提出轉學申請。」

真邊以平淡的口吻回答。

即使身處於這種毫無道理的狀況之中，她還是不將情緒外露，因為這樣真邊才會時常被誤解成理性、冷漠的人。我很清楚那是誤解，她只不過是情緒的引發點有些特殊而已。

「我明白。」匿名老師點了點頭。

「妳本來是要就讀一所好高中，準備考試時想必吃了不少苦吧。突然被說要轉學，妳會感到不滿也是理所當然的。」

「問題不在這裡。」

「那麼問題是什麼？」

「我只是無法認同，我討厭無法認同的事情。」

匿名老師以手抵住下顎，因為戴著面具的關係，讓她看起來像是正在打什麼壞主意的古代怪盜。

「很遺憾，那將會是妳接下來要找的東西。」

「妳是指什麼？」

「就是認同啊。沒有人是在認同下來到這座島上的，接下來妳要花時間在此處的生活中，一點一滴地找到認同。」

真邊一時半刻說不出話來，接著緩緩地用深呼吸般的語氣說：

「階梯島是什麼？」
「這個答案沒有人知道喔，除了魔女之外沒有一個人知道。」
「魔女？」
「這所學校後面有條通往山頂的階梯，據說上頭住著魔女，這座島就是由魔女在管理。」
真邊困惑地皺起臉。
「我不太能接受這種說法。」
「是啊，我也是。我來到這裡已經差不多快三年了，還是無法相信有魔女存在。」
「既然如此——」
「即使如此，這也是無可奈何的喔。並非只有階梯島比較特別，人生本來就是這麼一回事——經由不透明權力產生的支配者，在不知不覺間定下了規則，而我們只得遵循，在那些束縛中生存下去。如果把魔女換成國王或是政治家，妳是否就能接受呢？」
「不能。」真邊堅決地回答。
「這不是名義上的問題。我討厭無法打從心底認同的事。」
面具下的嘴巴扭動，形成一抹微笑。因為看不到眉眼，所以很難判別出這屬於哪種笑容。

「我覺得妳有這樣的想法非常好，真的。不過人類並不是神，沒辦法凡事都自由決定，這點妳能明白吧？」

「可以。」

「現在妳能做出決定的事只有一樣，就是要不要就讀這所學校。階梯島上只有這一所學校，如果想繼續當學生，就只能在這裡上學。」

匿名老師表示：「我很歡迎妳喔。」

真邊一時之間陷入沉默。隨心所欲的她，即使說聲「那麼，失陪了」就毫不猶豫地邁步離開，我也不會覺得驚訝。

「不如就在這裡一邊上學一邊找出離開島嶼的方法吧？分別了這麼久，我也想再跟妳一起上課啊。」我打岔道。

她用帶著怒氣的眼神注視我。究竟是在氣什麼呢？我搞不清楚。

「既然這樣，你願意跟我做個約定，一起離開這座島嗎？」

為什麼對話裡會出現「既然這樣」呢？語法上的轉折太奇怪了吧。

嫌麻煩的我點了點頭。

「嗯，我答應妳。」

明明至今為止我早已答應過無數並非出自真心的約定，『約定』這個字眼仍讓我莫名地有點難以釋懷。

真邊重新面向匿名老師，回覆她：「我接受這個提議。」

*

在階梯島中擁有學歷毫無意義。

即使如此我還是希望真邊上學的原因只有一個。

生活在這座島上的學生能得到保障，可以免費租借鎮上的學生宿舍，在宿舍和學校裡用餐也不用花錢，教科書、制服、運動服等物品也有配給。雖然有其他想買的東西就得靠自己打工賺錢，但若只是單純活下去，學生可以說不須任何花費。

在極為簡單的得失衡量下，想也知道成為學生最有利，根本沒必要傷腦筋做判斷，靠本能便能明白。就像在沙漠當中只要有人遞水過來，任誰都會接受吧，兩者是相同的道理。

不過，真邊由宇的判斷依據有時並非基於理論，在旁的我每次都要為此擔負額外的辛勞。

＊

匿名老師說她想再多跟真邊說明關於島上的生活。於是我先行離開教職員室，走進高中部的校舍，換上自己的室內鞋。

我直接走上樓梯。校舍一樓是理科教室等特別教室，一般教室都規劃在二樓。高中部三個年級加起來，總共只有六個班級。我繼續往上爬，走過位於三樓的圖書室，伸手推開通往屋頂的門。

即使打開門，空氣中的溫度也沒有太大變化。在陽光直接照射下，屋頂反而讓人覺得溫暖。活了一百萬次的貓靠在銀色欄杆上，一手拿著盒裝番茄汁，目不轉睛地盯著書看，一切都和往常別無二致。感覺突然回到了日常正軌，我不免有些失笑，不知不覺間我似乎已經習慣了這裡的生活。

我走近活了一百萬次的貓。

「你究竟何時才要到教室上課啊？」

距離開始上課還有一個小時左右。

他雖然從書本抬起了頭，但沒有回答我的問題。

「來了轉學生？」

「嗯，你還真清楚啊。」

「我看到你跟她一起從階梯走上來，似乎相當熟稔呢。」

「她是我以前的同班同學。」

「那是來到這座島之前的事吧？」

「那當然。」

「在這座島遇見以前的熟人是很稀奇的事，難得的緣分要好好珍惜才行。」

我在他旁邊坐了下來。

「『緣分』這個詞我不是很懂。」

「也可以換成『命運』這個說法喔。」

「我也不懂『命運』。」

「就是別有深意的偶然啊。」

「偶然就是偶然。」

真邊由宇跟我之間就算真的存在特別的緣分，我也不認為那和命運有關。

活了一百萬次的貓嗤嗤地笑了。

「你心情好像很不錯嘛。」

「是嗎？」

「是呀。」

怎麼可能。

我又不希望與真邊重逢。唯獨她是我不想再見到的人。其他任何人出現在我眼前，我都可以一笑置之，只有她我無法忍受。

但我還是點了點頭，像往常一樣不去在意、佯裝平靜。

「那麼或許真的是這樣吧。能夠與老朋友重逢是件好事。」

活了一百萬次的貓將番茄汁的吸管含到嘴巴中。

「她叫什麼名字？」

「真邊由宇。」

「是喔。這個姓真邊的女孩有什麼特徵呢？」

『特徵』是個包裝過的含蓄說法，說得更直接一些，就是指缺點吧。

造訪這座島的人多多少少都擁有缺點，例如害怕學校的老師、愛說謊的友人。這裡是垃圾桶，被丟進垃圾桶的通常都是哪裡有損壞或有所缺陷的東西。

「她很率直。」

「率直？」

「就像純粹的一直線。直直地往一個方向延伸而去。」

「聽不懂。」

「換個說法就是夢想家兼理想主義者。」

「喔喔。」

活了一百萬次的貓又喝了一口番茄汁。

「原來如此，那當然會馬上被丟棄啊。」

不懂得偽裝掩飾、單純的理想主義者，是遭人厭惡的對象，從小學起就是如此。真邊由宇所說的話總是很正確，提出的問題也很直接，就像在定罪一樣，所以她才會在人群中顯得突兀，也沒有人願意站在她那邊。小學四年級，我初次意識到她這個人的個性，那時真邊由宇就已經被周遭的人捨棄了。

活了一百萬次的貓重新將視線落回書本上，不怎麼感興趣地說：

「那女孩能在這座島上順利過活嗎？」

「我想應該相當困難吧。」

「那麼她能離開這座島嗎？」

「順利的話，或許可以成功吧。」

這個島上的人突然消失，並非罕見之事。

雖然不清楚詳情，但每個月似乎會有一兩個人消失。

目前的說法是他們回到原本的地方了，真相則是誰也不知道，因為一察覺到時那個人早已經消失了，到處都沒有留下線索。我們只能相信他們順利離開了這座島。

活了一百萬次的貓翻動書頁。

「真想和那女孩說說話。」

「我來幫你介紹吧？」

「不，不用了。如果不是面對單獨一個人，我會無法好好對談。」

「為什麼？」

「和兩個人交談的話，就會搞不清楚自己是誰啊。」

我不禁笑了。我沒想到竟會從他口中聽到這種話。

活了一百萬次的貓並非真的活了一百萬次的貓。

和他第一次碰面時，他首先問我的問題是「你喜歡的書是什麼？」，我回答了※某本繪本的書名。（編註：《活了一百萬次的貓》為佐野洋子的繪本。）

只有和我在一起的時候，他才是活了一百萬次的貓；在某個人面前，他是夏洛克・福爾摩斯；在另一個人面前，他又成了唐吉訶德。他的名字會因對象不同而改變。

我有點好奇，當真邊由宇被問到喜歡的書時，她會舉出哪本書名呢？我心想總有一天要讓她和活了一百萬次的貓說上話。

他用毫無一絲雜質的黑色眼眸對我輕輕一瞥。

「話說回來，七草，你的缺點是什麼呢？」

我對他聳了聳肩。

「太多了，我自己都搞不清楚。」

我一點都不想把自己的缺點拿出來當話題。

3

教室裡已經搬來了給真邊用的桌椅。

因此今早班上似乎比平時還要熱鬧，可以聽到有人低聲討論著：「有轉學生要來？」

鈴聲才一響起，門立刻被拉開，匿名老師與真邊由宇走了進來，教室頓時鴉雀無聲。

「今天起大家多了一位新朋友。」

匿名老師說完，在黑板上工整地寫下她的名字。

真邊看起來一點也不緊張。

「我是真邊由宇，請多指教。」

她說著行了個禮。

重新抬起頭的她露出毫無惡意的笑容。

「我和七草今後將會尋找離開這座島的方法，非常希望各位能夠助我們一臂之力，所以隨時歡迎來找我說話。」

我聽到全班倒抽了一口氣。

公然道出想要離開島嶼算是不成文的禁忌之舉。同學裡頭有很多人也曾試圖離開這座島，但如今已然死了這條心。已經放棄的目標再次被人提及，並不是一件令人好受的事。

「少說得這麼簡單。」

有人小聲地嘟噥道。

我心想情況不妙。對於議論，真邊可是不會猶豫就直接反駁的。

她筆直地盯著那名學生——姓吉田的一名男同學。

「的確，我並不知道離開這座島有多麼困難，不過我認為無論在什麼時候，開口說出自己的目標都沒有錯。」

我知道真邊並沒有惡意，也無意攻擊他人，她只是率直地把想到的話說出口而已。但是直來直往的話語，在很多場合下聽起來頗具攻擊性。

霎時，吉田彷彿大吃一驚似地收起下顎。

我搶在他回嘴之前開了口：

「話不能這麼說喔，真邊。」

真邊轉向我。

我不疾不徐地，盡可能不帶情緒地接著說：

「所有言語都帶有傷害到某人的可能性，即便那是開朗的話語或者充滿愛的話語，沒有什麼話是無論何時說出口都不會出錯的。」

同學們又倒抽了一口氣。我在班上並不起眼，突然開口表示意見可能讓他們嚇了一跳。

總是這樣，只要真邊一出現，我就會被迫做出不情願的行動。然而比起讓真邊與吉田槓上，不如由我來當她的對手，之後比較不會留下什麼後果吧。

真邊緩慢地點了點頭。

「或許確實如此。『無論在什麼時候』這種說法是錯的，對不起。」

「嗯。」

「但是我還是不明白。說想要離開島嶼會構成什麼問題嗎？」

會。雖說如此，我也無法懇切且耐心地向她說明：因為我們很軟弱，早已放棄這麼做了。

「這件事之後再談吧。總不能因為妳一個人而占用大家的班會時間吧？」

「對喔，說得也是。」

她再次說了聲「對不起」，低頭致歉。

匿名老師對她說：「那麼請就坐吧。」

我在心中嘆了一口氣。儘管本人沒有那樣的意圖，但真邊由宇的自我介紹實在太明確了，短短的時間內就簡單明瞭地表現出她的部分特質。

真邊由宇就是無法融入周遭。

我一直擔心她會不會又突然說出什麼麻煩話，心裡七上八下，不過課程毫無滯礙地結束了。

稍微瞄了一眼，我發現真邊很認真地在聽講，基本上她是個認真的學生，只要不開口看起來就像個優等生。

一到休息時間，她便來到我的座位前，劈頭就問：「為什麼不能說出想要離開這座島？」

我無可奈何地回答她──聽好了，真邊。每個人都有各自的容身之處，深海魚有深海魚該待的地方，北極熊也有北極熊該待的地方。在海底抱怨這裡太暗根本無濟於事，在北極問為什麼這麼寒冷也沒有任何意義。深海魚或許可以嚮往藍天，北極熊也可以想像自己在南國跳草裙舞，不過這些事牠們都不可能實現。要是我在牠們面前說出「我要在藍天下跳草裙舞」這種話，自然會傷害到牠們。

真邊似乎不太明白我的話。

「可是在教室裡的不是深海魚也不是北極熊，而是班上同學啊？」

我不禁發出嘆息。

「跟妳比起來，我們還比較像深海魚或者北極熊。」

我嘗試性地指出這點，但真邊只是歪頭疑惑。

我認為就像深海裡有深海的幸福，北極也有北極的幸福一樣，垃圾桶自然也有垃圾桶的幸福。

但如果不接受垃圾桶本身，鐵定無法領略這種幸福吧。

到了午休，她還是對這個話題耿耿於懷。

我們面對面坐在學生餐廳的角落，眼前是炸得酥軟的圓柱型可樂餅定食，最近正逢馬鈴薯的收成期。

「我認為北極熊的白色是保護色。」真邊說。

我隨便點頭敷衍，真邊繼續說：

「可是北極熊會有什麼天敵呢？在北極不就是北極熊最強嗎？」

為什麼會演變成這種話題？

真邊一旦發現問題點總會很直接地提出疑問，害得話題老是逐漸偏離。就我所知，她的在校成績不錯，但我還是不禁會懷疑她其實是個笨蛋。

當我正為難著不知該怎麼回答時，後頭傳來了聲音。

「聽說牠偶爾會遭虎鯨攻擊喔。」

回頭一看，班長就站在身後。這女孩姓水谷，是我們班上的班長，名字我記得應該跟某種花相關，但記不太得。

「另外，北極熊的毛其實是透明的，只是因為光的反射而看起來像白色。」

班長是位個頭嬌小的女孩，瀏海常用髮夾夾起，充滿魅力的額頭很引人注目。若她不是班長，肯定會被取個跟額頭有關的綽號。

「可以跟你們一起坐嗎？」她問。

「當然。」真邊回答。

班長在我旁邊坐下。

「七草出現在學生餐廳還真稀奇，你今天沒去『等等』那裡啊？」

『等等』指的是活了一百萬次的貓。因為他會根據對象改變名字，所以當他本人不在場時會被稱作『等等』。活了一百萬次的貓、夏洛克・福爾摩斯、唐吉訶德……等等。

學生餐廳經常人滿為患，所以我往往隨便外帶個三明治什麼的，在活了一百萬次的貓那裡吃午餐。大多數學生都認為屋頂是他的地盤，因此那裡總是沒什麼人。

我用左手托腮一邊說道：

「畢竟今天是真邊轉學過來的第一天，我好歹要陪她吃個午餐啊。」

接著我以右手握著的筷子劃開可樂餅一角，送進嘴中，味道挺不錯的。

「你們認識啊？」

佐佐岡說著，在班長身旁坐了下來。堀也跟著在他對面就坐。

同班同學佐佐岡乍看之下是個開朗的少年，但他一邊的耳朵中經常塞著耳機，那副耳機連著口袋中的掌上遊戲機。佐佐岡說他若不聽遊戲音樂，就會靜不下心。

堀是個高瘦的女孩，眼神有點可怕，左眼下方有顆淚痣。她似乎非常不擅與人交談，總是低垂著頭，聽見她聲音的次數幾乎屈指可數，不過每到週末她都會固定寄來一封長長的信。順帶一提，手機在這座島上無法使用，所以還是以信件為主。

佐佐岡和堀，就跟我和真邊一樣是轉學生。突然間被扔到了這座島上、被迫轉進這間學校，雖然對此還是有點抗拒，不過立刻就死心了。同樣身為轉學生，我們時常有機會一起行動，而且佐佐岡和我住同一棟宿舍，所以我們走得很近。班長則常以模範生的身分關心我們，因此我們幾個人偶爾會像這樣聚在一起。

佐佐岡將筷子插向可樂餅，說道：

「你們兩個感情似乎挺不錯的呢，我還是第一次看到七草反駁別人。」

「因為我們上同一所小學。」

其實一直到國中二年級，我們都就讀同一間學校，不過沒必要說明得那麼詳細。

我簡單地向真邊介紹他們三個人。

真邊分別與三人互相點頭致意，說聲「請多指教」。

佐佐岡露出散漫的笑容說：

「關於今天早上那件事，其實我覺得離開這座島很好啊，何況我自己也想離開。」

「喔，我都沒發現呢。」

他從沒表現出對島上生活感到不滿的模樣，因此我有點意外。

「因為待在這裡就不能在發售日當天買到新作。」

「新作是指遊戲嗎？」

「那當然。」

「我覺得晚一個禮拜也無妨啊。」

「啊，看來你這傢伙根本不懂發售日的重要性吧？」

「我是不懂。」

無論何時開始玩，遊戲的內容不是都一樣嗎？

「聽好了，新作本身就很有價值喔。假設這裡有個寶箱，會讓人心中很雀躍吧？不過如果裡頭的內容物已經被幾十萬人知道了，難免會覺得失望吧？像是最後一關的魔王情報，馬上就會在網路流傳。」

「那不要上網不就得了。」

「你這話，就跟不想被女孩子討厭，所以在她們的裙子被掀起時不去偷看是一樣道理喔？這哪辦得到啊。」

「什麼意思？」真邊問道。

佐佐岡連忙澄清自己不會偷看，只是就一般狀況來舉例而已，但真邊根本就沒有在聽他解釋。

「這裡可以買到新出的遊戲嗎？連得上網路？」

我點了點頭。

「可以使用網路購物，載著商品的船每週會來一次，於星期六送貨過來。」

「這裡的住址呢？」

「這我就不知道了，寫階梯島就能送到，也不需要郵遞區號。」

「這裡不是個連地圖都沒有記載的小島嗎？」

「用Google Map尋找是找不到啦，不過亞馬遜的地圖上也許有標記吧。」

「既然這樣為什麼會無法離開小島呢？只要坐上那艘貨船不就好了？」

「船是不載人的，聽說有人嘗試偷渡，但全都失敗了。」

「可是既然能夠連上網路，就有辦法對外求救吧？」

「求救……」我試著重複說出口，反芻她的話語。這個詞不知為何讓我感到很不對勁。

真邊用力地點了點頭。

「因為這是綁架啊。既然能夠使用電子郵件的話，就向警察報案吧。」

這說法很新鮮。聽到她這麼說之前，我從未湧現過這種念頭，不過我們的確是被強制帶到這座島上來的，所以稱之為綁架也未嘗不可——原來如此，我遭人綁架了啊。

當我如此感慨時，班長回答她：

「無法寄出電子郵件，全部都會顯示錯誤而被退回；也無法在論壇之類的網站上發表。基本上，這座島的網路就只能接收訊息。」

「不過還是可以搜尋跟網購吧？那不就表示也可以發送訊息嗎？」

「就算妳這麼說……實際上真的無法發送郵件啊。」

真邊一臉不悅地咬了一口可樂餅。

「真教人難以接受。」

我用筷子戳了戳配菜中的番茄，問了一句：

「妳在不爽什麼啊？」

「這裡沒有牆壁喔。」

「牆壁？」

真邊用她的大眼睛看向我。

「如果我們遭到拘禁，而那裡有扇牆壁，只要破壞掉就行了，可是這裡卻沒有牆壁。」

「但這裡有海啊。」

「海的話，可以坐船到外頭去吧？」

「就某種程度而言是這樣沒錯啦，不過無法抵達對面的大陸。」

「就是這種模模糊糊的不自由感讓我不開心。」

真邊把剩下的可樂餅一口塞進嘴裡，因為還挺大塊的關係，她的兩頰頓時鼓了起來。她的舉動有時會讓人聯想到野生動物。

她一面咀嚼，一面托著腮：

「既可以上網自由地買東西；今天早上看到的街道也很乾淨；學生的生活又受到保障；可樂餅還這麼好吃。」

「這樣不是很好嗎？」

「但這可是誘拐喔？」

「我覺得這要看我們自己怎麼想。」

「至少我的意志被踐踏了。」

嗯，的確是這樣。在階梯島的生活就好比放牧，雖然可以在草原上自由地來回奔跑，無論何時都能大口吃草，但到頭來還是無法改變被飼養的事實。

「被強制關在島中，硬被要求在裡頭過日子。在這種環境之下，哪有可能不存在敵人呢？可是關於這一點卻模糊不清。表面上看起來簡直就像個有點不便的普通鄉下地方。如果有牆壁的話就好了，或者是拿著槍監視我們的人也行。可是情況卻不是這樣，真不知道我們該和什麼戰鬥才好。」

「不是我們，是妳。」

「這點很重要嗎？」

「我討厭無意義地擴大主詞。」

真邊常會讓我感到煩躁。

我並沒有戰鬥的打算，沒有敵人正好。如果真的有敵人躲在迷霧的另一端，我希望他們永遠不要進到我的視野中。

「七草對這個環境沒有不滿嗎？」

當然有。

正如真邊所說，我們自身的意志遭到踐踏，然而卻不知道是遭誰踐踏。敵人的身分曖昧不明。可是早在來到階梯島之前，我就已經感受到這份不滿了。小學的時候開始察覺到，成為國中生、進入高中之後依然沒有改變。

人會有所不滿是理所當然的；看不見敵人同樣也是理所當然。

並非唯獨這座島比較特別。

真邊雖然說這裡的一切都很模糊不清，但我卻認為正好相反。因為階梯島比其他地方狹窄，所以才能一眼就注意到這一點。

可是我無意與真邊理論。無論何時、面對什麼人，我都不想去爭論。

於是我微笑著說：

「既然妳想回到原來的地方，我會幫妳的，我們不是約好了嗎？」

真邊似乎不太高興。

「不對，我們要一起離開這裡。」

「啊，對喔，是這樣沒錯，加油吧。」

佐佐岡嘟噥了一句：

「真搞不懂你們之間的關係。」

我回答「我們是朋友」，除此之外，我找不到其他答案。

＊

真邊由宇與我的關係，連我自己也不太清楚。

因為我們打從小學就認識，所以要說是青梅竹馬也可以。雖然我不太清楚朋友這兩個字的定義，但用這個詞來表示我們的關係應該不會出錯。

基本上我們一直維持著良好的關係，很少真的吵架。我對真邊抱有好感，這點並不假。

但相反地，真邊也是唯一會讓我打從心底感到煩躁的人。我無法單純地與真邊由宇產生共鳴。在本質上，我們倆恰恰相反。我覺得與她維持這段關係時，我總是被迫忍耐。

忍耐。

以前，我曾經說過：

「忍耐的相似詞是放棄。」

真邊則回答我：

「放棄是忍耐的相反詞才對啦。」

只要不放棄，無論在哪裡、面對怎樣的對象，都可以堅忍不拔地相處下去。

我記得她似乎說了這樣的話。

不過我從經驗中得知，只要放棄、不抱任何期待，無論什麼事都能夠忍得住。

所以我點頭附和。

「原來如此，的確是這樣。」

我們從一開始就彼此矛盾。

我還是不知道該用什麼稱呼，來詮釋我倆之間的關係。

4

真邊似乎將不確切的敵人，暫且設定為魔女。

放學後，她說想調查魔女的事，我也和她同行。話雖如此，事情當然沒那麼簡單，並非只要到圖書室查找資料就能找到想要的情報。關於魔女的具體資訊充滿謎團。

「既然她在山上，只要爬上去不就行了。」真邊說。

我搖了搖頭。

「天快黑了，等週末再去找吧。」

最近天黑得特別快。從鎮上到學校的階梯雖然設有街燈，但更上頭就沒有照明了，最好避免晚上行動。幸好今天是星期四，後天就可以從大白天展開行動。

真邊歪起頭，似乎感到困惑。

「那現在要怎麼辦呢？」

「總之先找輛計程車吧。」

「這座島上有計程車？」

「只有一台。」

除了農家使用的貨車之外，這座島就只有三台車，其中一台是計程車。

「不過，我們不能坐車到魔女家吧？」

「當然，計程車又沒辦法爬階梯。」

「那找計程車要幹嘛？」

「計程車司機對在地的事一清二楚啊。」

「連魔女的事也知道嗎？」

我點點頭。

「聽說他是和魔女進行交易才得到計程車的。」

「真的嗎？」

「誰知道，他本人是這麼說的。」

「為什麼七草會知道這種事呢？」

「碰巧啦。」

島上的車就只有輕型貨車、休旅車和計程車。在網路搜尋了一下後，我發現輕型貨車與休旅車能夠透過網路購買，但計程車的購入方式就不得而知了。在島上執業的那輛計程車種並非一般轎車，而是專業計程車。座位中的彈簧特別有勁、後座車門的開啟關閉也是由駕駛座操控，就連跳表機與八成連接不上任何電波的無線對講機都一應俱全。

他究竟是怎麼將這樣的車輛拿到手的呢？被勾起興趣的我，以前曾嘗試坐上了那輛計程車。

「這座島上可供車輛行駛的道路並不多，我想應該馬上就能找到。」我說。

籠統說來，階梯島的主要街道就好比呈現東西走向的S字，西邊銜接學校所在的那座山，東面望海。

從山下到第一個彎道被稱作學生街。這裡有書店、咖啡店及自稱便利商店的雜貨店，小巷內有好幾棟學生宿舍。現在這個時間還會有流動式拉麵攤販在營業。

再往前走，住家就變得稀疏起來，田地相對顯眼。從拐進第二個彎道的地方開始，則被稱為濱海街。這邊的街區比較熱鬧，定食餐廳、居酒屋和麵包店各有一間，也有小型診所及派出所，港口還有郵局。自稱是米店的運貨店擁有一輛輕型貨車，自稱是電器行的便利屋則有一台休旅車。

學生街與濱海街之間存在著平和的對立關係。同學中也分成學生街上的咖啡店「彈簧之上」派，以及海邊的定食餐廳「食蟻獸食堂」派，偏好中庸的我則喜歡兩邊街區都會出沒的流動式拉麵攤。

我們的目標計程車大致都是來往於這兩個區域。我本來想在便利商店幫真邊找找慶祝搬家的蕎麥麵，但她似乎無意在這座島上久居，所以改在「彈簧之上」買了塊水果塔，打包帶走直接在路旁的長椅上解決它。真邊喜歡徒手抓起蛋糕類的糕點吃，整體而言，她是個不怎麼細膩的人。

她吃完水果塔時，計程車正好駛了過來。那是一輛勾勒著橘色線條的綠色計程車，無論何時都打磨得光潔明亮。

我舉起手，計程車便在眼前停下，打開車門。我一面坐進去，一面說：

「請到失物招領處。」

失物招領處？真邊沉吟道。稍後再對她說明吧。

車門關上後，計程車稍微往後倒個車，切換完角度後起步往前駛。司機按下跳表機的按鈕。

他是個戴著眼鏡，膚色偏白的男性。年紀差不多接近三十歲吧，身材細瘦，氛圍跟活了一百萬次的貓相似。副駕駛座前的儀表板上放著名牌，由此得知他姓野中。

野中先生開口：

「你找到失去的東西了嗎？」

失物招領處是領回遺失物的地方。

我搖搖頭。

「不是，因為她剛來到這座島，我想帶她繞一圈熟悉一下環境。」

「原來如此，那我就慢慢開吧。」

「麻煩你了。其實我還有事情想要請教野中先生。」

他透過後照鏡朝我瞥了一眼。

「想問魔女的事嗎？」

「對。」

「事到如今才開始感興趣啊？」

事到如今？真邊低聲問道。

野中先生點了點頭。

「我曾經跟妳旁邊這位少年提過，我是透過魔女才得到這輛計程車的。」

窗外已經變得相當昏暗。

可以看到前方拉麵攤的燈光。計程車放慢速度，緩緩從旁邊駛過。拉麵攤上有兩個男學生並肩坐著吃拉麵，其中一人抬起頭來，正好與我四目交接。

野中先生繼續說：

「不過這位少年沒有詢問我任何有關魔女的事，只是敷衍地應了聲『喔，這樣啊』，所以我對他有印象。」

「你和魔女見過面嗎？」真邊問。

野中先生搖了搖頭。

「不，沒有親眼見到，我只是寄信過去而已。」

真邊皺起眉頭。

「信？」

「對。我在信封上寫了『山上的魔女　收』，然後投進了郵筒裡。」

「然後就得到計程車了嗎？」

「首先是接到一通電話。」

「魔女打來的？」

「對。」

計程車沿著道路往左拐了一個大彎，駛出學生街。雖然說是主要幹道，但其實也只是一條不足以構成雙向道的小路，兩側田連阡陌。計程車的車燈在暮色中引路，遠遠地可以看到前方濱海街上星星點點的燈光。

「魔女打電話到你家嗎？」

野中先生搖搖頭。

「我沒有電話。這座島上只有醫院、餐廳、郵局這些會聚集人群的場所才配有電話，而且全都是粉紅色的投幣式電話。」

學生宿舍裡也有電話，一樣是粉紅色。不過當然無法與島外通話，電話號碼也只有三個按鈕。

「我是在失物招領處接到魔女打來的電話。」

失物招領處？他曾走進去過啊？

真邊追問：

「你們說了些什麼？」

「我跟她說我想要計程車，請她幫幫忙，然後也談了一些關於這座島上的事。」

「請具體告訴我。」

「這牽涉到個人隱私。」

「不是島上的事嗎？」

「兩者是無法分割的啦。」

真邊又皺起眉頭，應該是因為難以理解這句話的含意吧。

「我想離開這座島。」

「是嗎？」

「拜託你，請告訴我關於魔女的事。」

「妳叫什麼名字？」

「真邊由宇。」

計程車稍微加速，駛進濱海街。學生街上大多是學生宿舍，這裡則全是平房。

野中先生直盯著前方。

「真邊同學想要離開島嶼的話，就得找出失去的東西，除此之外別無他法。」

「失去的東西是什麼？」

「我不知道。」

「魔女是個怎麼樣的人呢？」

野中先生沉默了一會兒。

車子沿著道路往右拐彎，進入濱海街。在夕陽餘暉照射下的海面彷彿有影子在上頭晃動，流入出海口的寬闊河面上橫跨著一座橋。左手邊是一片海灣，看著水面泛起的波紋，可以知道開始起風了。

野中先生回答：
「魔女是個可憐的人。」
真邊探詢：
「可憐？為什麼？」
「因為她不得不管理這座島啊，換作是我可受不了。」
真邊陷入沉默，似乎在思索著什麼。
於是我代為發問。
「你為什麼會想要計程車呢？」
「這牽涉到個人隱私。」
「你找到失去的東西了嗎？」
他笑了。
「好難的問題，我沒辦法輕易地回答你，而且……」
計程車輕輕地，彷彿屏住氣息般減速，停了下來。
窗外並列著海邊的燈塔與郵局。
「已經到目的地了。」
階梯島非常狹小，即使開得再緩慢，也還是很快就會抵達目的地。
野中先生把跳表機按停，上頭顯示的依舊是起跳價。

5

風颳得很厲害。
我因寒冷而顫抖，將雙手插進口袋裡。
真邊放任她的頭髮亂飄，轉頭面對我。
「失物招領處是什麼？」
我不想把手從口袋中抽出，用視線示意前方。
「就在那裡喔。」
眼前並列著一間小郵局和高高的燈塔。我指的是燈塔。
那是座白色的燈塔，湊近一看就會發現外觀是上了漆的磚砌牆。雖然有開了幾扇窗戶，但窗簾遮擋住一切，無法看出裡面的模樣，縫隙間也沒有透出光線。燈塔的光芒筆直地貫穿初生夜色中的那抹渾沌幽暗。
燈塔上有扇矮小的木門，門上也用油漆漆成白色。在我的視線高度鑲了一塊黃銅製的門牌，寫著『失物招領處』。
「如果妳知道自己失去了什麼，就來這裡，然後報上自己的名字還有失去的東西。」

「這樣負責人就會把我失去的東西交還給我嗎？」

「應該吧。」

真邊目不轉睛地盯著木門好一陣子。風聲在耳邊作響，儘管音量很大，卻意外地讓人不覺得吵雜。就好像全力奔跑之後，聽著自己氣喘吁吁的呼吸聲卻不嫌吵一樣。

「既然這樣，這裡面的人知道我失去了什麼東西囉？」

真邊筆直地朝門口走去，絲毫不在意強勁的風，毫不迷惘地將手伸向門把。

「不過……大多時候，失物招領處的門都會上鎖。其實我還沒看過這扇門被人打開，也沒聽說過裡面是什麼模樣、有什麼人在。」

真邊試著轉動門把，但果然文風不動。她敲響門，高聲呼喊：「請開門。有人在裡面嗎？」不過沒有得到回應。燈塔只是沉默地照亮遠處的海面，對我們毫不理睬。

真邊持續敲了好一會兒。

當我的臉頰變得冰冷，打算跟她說差不多該回去的時候，旁邊的門打開了。是郵局的門。

一名長髮女性走了出來，她的頭髮果然也隨風飛揚。我認識這名女性，她是時任小姐，郵局局員，白天會騎著郵局的紅色機車來往穿梭。

時任小姐揚起眉毛，雙手插在粗呢外套的口袋中。從門的另一端投射過來的光線，讓我看到從她口中吐出的白色霧氣。

「哎呀，這不是小七嗎？怎麼了？」

從第一次見面開始，時任小姐就表現得一副跟我很親暱的模樣，據說是因為我長得跟她以前的布偶相似。

我把視線轉向真邊。

「我正在幫她做嚮導。」

「嚮導？」

「她今天早上才剛來到島上。」

「這樣啊。」

時任小姐饒富興味地打量著真邊全身上下。

「妳叫什麼名字？」

「真邊由宇。」

「那就是小真囉，還是小宇比較好？」

「都可以。」

時任小姐笑著從粗呢外套口袋抽出右手，伸到真邊面前。

「請多指教，小真。我是時任，負責在郵票上蓋郵戳，然後將信送到收件地址。」

真邊握住時任小姐的手。

「請多指教。」

「小真的手跟寒冬的門把一樣冰冷呢。」

「是嗎？我不太留意這種事。」

「要不要到裡面喝杯熱牛奶？」

「好啊，麻煩妳。」

兩人終於放開彼此的手。

真邊笑了。

「我有事想請教時任小姐。」

「哦？什麼事呢？」

時任小姐把手伸向郵局門上掛著的招牌，將它從『營業中』那一面轉過半圈換成了『準備中』。

「總之先進到溫暖的房間後再說吧。」

她說完便走進郵局裡去。

時任小姐似乎很怕冷。

小小的郵局角落有盞古色古香的燈油暖爐，擺在上面的水壺蒸騰地冒著熱氣。木造櫃台邊有扇不起眼的門，門牌標示著「員工休息室」。時任小姐打開了那扇門，裡頭是間四張半榻榻米大小的和室，角落搭了個簡易廚房，正中央有暖被桌，桌上還放著幾顆橘子。

時任小姐脫下鞋子，走進和室。

「那裡有坐墊，啊，你們可以吃點橘子喔。」

時任小姐從小冰箱中拿出盒裝牛奶，倒進橘色的單手鍋。我和真邊稍微對望了一下，接著無奈地脫下鞋子入內。

「這個員工休息室很有家的感覺呢。」

「這裡也兼做我的住家喔。」

「不是還有二樓嗎？」

「因為爬上爬下很麻煩，上面又是西式房間，我喜歡榻榻米，所以最近都睡在暖被桌裡喔。」

她點起火，稍微瞥了我一眼。

「進到女士的房間讓你不知所措嗎？」

「對啊，非常。」我回答。從以前我就很不喜歡踏入別人的生活空間。

我和真邊鋪好坐墊，坐進暖被桌。我有多久沒鑽進暖被桌了呢？我們家裡沒有暖被桌。

總覺得無法靜下心來。我看向真邊，只見她一臉認真，似乎正在煩惱要不要伸手去拿桌上的橘子。

「人家難得的好意，妳就吃吧？」

真邊點點頭。根據以往的經驗，我知道先給她吃點東西，她的心情就會變得不錯。

我向她要了一瓣剝好的橘子來吃。味道不是很甜，酸味較強，應該是這座島上種植的橘子吧。在亞馬遜下單的話，或許連橘子都能送過來，但肯定不會有酸橘子。比起甜橘子，我更喜歡酸味強勁的。

時任小姐開口：

「我只有一個馬克杯，用茶杯可以嗎？」

我回答說什麼都可以。

當真邊一瓣又一瓣地吃著橘子時，時任小姐用托盤端來了三只茶杯，放到暖被桌上。

「請慢用。」

真邊低頭致謝。

「感謝妳費心招待。」

我也同樣低頭致意，拿起茶杯。吹了幾口之後，輕輕地啜飲熱牛奶，很柔和的味道，嚐得出蜂蜜自然的香甜。

身旁的真邊長吁一聲，不過那並非嘆息。

「好好喝。」

「那真是太好了。」

「我可以問妳幾個問題嗎？」

「嗯，是什麼呢？」

「這間郵局也會送信給魔女嗎？」

時任小姐輕聲笑了笑。

「算是吧，只要是在島中，無論哪裡我都會送去喔。」

「這麼說來妳應該見過魔女吧？」

「我只是把信投進信箱，郵差是不會按門鈴的。」

我問道：

「妳是爬階梯到上面去的嗎？」

「是啊，怎麼了嗎？」

「沒有。」

時任小姐回答得太乾脆，讓我一時無言以對。

「因為我聽說沒有人能爬完那段階梯。」

「怎麼回事？」真邊側頭問我。

於是我對她說明每個人都知道的傳聞。

通往魔女宅邸的階梯就在學校後方，但那道階梯絕對走不完。往上爬行的途中會突然起霧，讓人伸手不見五指，最後還會開始犯睏，等到醒來時人已在階梯的起點了。

時任小姐端起茶杯喝了一口，接著說：

「這是什麼蠢話啊？一步一步往上走的話，總會到達頂點啊。」

嗯，正常來想的話是這樣沒錯啦。

她托著腮，調侃似地看著我。

「還是你想說，是魔女用了魔法，讓階梯無止盡地延伸了？」

我不知如何回應她。

事實上，我曾經爬過那段階梯。我建立關於階梯島的假說後，動了想要見見魔女的念頭，所以就爬上了學校後方的階梯，可是我並沒有見到魔女。

我的經歷基本上跟傳聞一致，唯獨發生了一件傳說中沒有提及的事，但我不太想談論它。

無論如何，不管我怎麼爬都無法到達魔女的宅邸，這座島果然很特別。

時任小姐輕聲嘀咕：

「不過，怎樣都無所謂啊，有魔法也好，沒有也好。」

然後她雙手包覆茶杯，把熱牛奶端到嘴邊。

真邊說：

「我還有一件事想要問，是關於隔壁的燈塔。」

「失物招領處？」

「對，裡頭有什麼人在呢？」

「不知道，我也不太清楚。」

時任小姐彷彿小鳥啄食種子，小口小口地啜飲熱牛奶。

「我沒有見過呢。失物招領處的人沒有從那座燈塔中走出來過，也沒有從窗戶露臉，甚至連晚上裡頭也沒點燈。」

「那樣要怎麼生活呢？」

「不知道。搞不好失物招領處根本就沒有人在，我不曾看過燈塔的門打開。」

但是……

野中先生說他進過那座燈塔，還在裡面接到了魔女打來的電話。

失物招領處的人也許和魔女有很密切的關係，平常可能就跟魔女有所往來。

雖然我覺得擁有魔法這種想法很愚蠢，但如果魔女真的能夠使用魔法，現實生活中的問題或許都有法子解決。

我思索起燈塔的事。

關於它把明亮的光芒投向大海，內側卻籠罩著黑暗這點。

失物招領處的人——如果這樣的人真的存在，他或她一直屏氣凝神潛藏在這黑暗靜謐的地方——四周堆滿島上居民的「遺失物」。失去的東西、被遺忘的東西。

被這些東西包圍的失物招領處負責人，究竟都在想些什麼呢？

我不想成為失物招領處的人。

可以的話，我不希望這種人存在。

因為這麼一來，失物招領處的人不也成了一項「某人失去的東西」了嗎？

6

走出郵局時，夜幕已經不留一絲縫隙地覆蓋了天空。即使將視線轉往西方，也看不到任何夕陽留下的蹤跡。

取而代之的是無數星辰綴滿天——就像用錐子那類銳利的工具在黑紙上戳出

數不清的洞，而夜空另一側的強光經由小洞透了出來般。我試著找出射手座，但沒有找到。我對星象並不熟悉，也不擅長找東西。何況射手座是夏季星座，說不定不管再怎麼仔細搜尋都看不到了。

我和真邊在星空下漫步。要從港口走到位於山腳的學生街，大概要走個二十分鐘左右。

某處傳來「遠山日落」的旋律，於是我知道現在已經傍晚六點了。這座島上每天都會在相同時間播放同一首曲子，只是不知道是由誰在什麼地方播放的。也許是因為音響器材有點耗損吧，聲音有些偏差，聽著聽著讓人不禁心生淒涼。

真邊看了一眼手錶。

「對了，我被交代要在六點三十分前抵達宿舍，來得及嗎？」

「哪棟宿舍？」

「好像叫夏目莊，老師有給我地圖。」

真邊打開深藍色的書包，將手伸了進去。

「我知道夏目莊在哪裡。」

就在我住的宿舍對面，不得不說有種刻意安排的感覺。

「直接走回去的話，我想應該剛好能趕上。」

之後有好一會兒，我們兩人都沉默地走著。

真邊並不是一個喜歡聊廢話的人，所以從以前我們就常這樣毫不交談地走著。真邊領先一步，我則在後頭配合她的步伐。即使闊別兩年，這份距離感也沒有被遺忘。

「總覺得很不可思議。」真邊開口。

「什麼事很不可思議？」

「很多方面，總覺得一切都太自然了。」

「妳是在說這座不自然的島嗎？」

怎麼可能，我心想。這座島和島上的居民全都很不對勁。

真邊不置可否。

「我們隔了兩年像這樣子重逢，可說是非常戲劇性。」

「可是我卻感覺不到什麼戲劇性。」

「就是這點很不可思議啊。」

她朝我這邊瞥了一眼。

「回過神來就發現自己在陌生的島嶼上，不知不覺間時序已往前推移了三個月，接著七草出現在我眼前。對我來說，簡直就是曲折離奇的事接二連三地發生了。」

「對我來說，妳來到這座島也是件曲折離奇的事啊。」

真邊點了點頭。

「可是像這樣一起行走，卻沒什麼不協調的感覺。明明我接下來就要莫名其妙地開始一個人生活在陌生的地方，但是卻沒有感到不安，或許多少是因為有七草在的關係，不過該怎麼說呢……」

她稍微停頓了一下。

她從以前就是個不善於用言語表達情感的少女，我覺得這點害得真邊總是很吃虧。

「就是……怎麼說呢……就是很自然啦。現在這樣跟平時從學校走回家沒什麼兩樣，明明在許多方面應該要覺得更加混亂才對啊。」

我明白她的心情了。我剛到這座島上時也有同樣的感受。

待在這座島上並不會令人感到不適應，能讓人很真誠地接受這裡就是我的容身之處。

這件事很不可思議。

「肯定是因為缺乏真實感吧。」我回答。

這並非真心話。

「因為一切都像假的一樣，所以讓人很難確實消化這些事。沒有什麼東西是真實且栩栩如生的，所以才會連混亂都無法產生。就像看電影一樣，無論劇情發生怎樣不得了的事情，坐在觀眾席的我們都不會慌張。」

真邊在某些方面確實很蠢、很笨拙、很脫離現實，但仍是個頭腦聰明的女孩，因此她搖搖頭否定。

「應該不是因為這樣。」

從我的位置看不到真邊的表情，但我想肯定跟往常一樣，是張無法讀出情緒的臉孔吧。

夜空中高掛著新月，其光芒意外地明亮，看起來就像要把光線聚焦在她身上似地。

「兩年前和七草你說再見時，我根本無法想像還能再像這樣和你走在一起。」

兩年前的事，何必現在重提。

就我對真邊的認識，就算剛重逢時她馬上就提起這件事，我也不會訝異。我本來以為既然她一開始沒有提及，這個話題應該會就這麼塵封在心底，為什麼她會挑這種時候提起呢？難道她心中也有普通人才有的躊躇嗎？

「我也是啊。」我回答。

「我一直以為我們再也不會像這樣走在一起。」

真邊由宇和我從一開始就南轅北轍，會走在一起不過是單純的偶然，其實我們應該各自待在不同的地方才自然。

「能夠再見到你，我很高興。」真邊說。

在我做出任何回應之前，她停下了腳步。

為何停下腳步？原因顯而易見，只要順著真邊的視線望去，便無須多加思考。

前方是濱海街，路面微微往左彎曲。

街燈雖然一盞一盞地亮著，但燈與燈之間的間隔有些過寬，光線照不到剛好站在中間的我們。

前方的街燈下，有一名男孩蹲在那裡。應該是小學低年級左右的年幼孩童。他穿著綠色的運動休閒服，看不清楚臉上的表情，因為他把臉埋在胳臂之間。雖然聽不見聲音，但看起來應該是在哭泣。

身旁的真邊停下腳步的時間，我想應該只有短短幾秒鐘。

她立刻衝了出去，我早就料到她會這麼做。真邊跑到男孩面前，蹲了下來，從我這邊雖然看不到她的臉，但她肯定露出微笑了吧。

「晚安。」她打了聲招呼。

「你迷路了嗎？還是跌倒了呢？」

男孩聞聲，抬起頭來。

他那淚濕的眼眸為何如此吸引人呢？我無法移開視線，胸口沒來由地一陣疼痛。

「這裡是哪裡呢？」男孩問道。

*

他的名字叫做相原大地。

他說他就讀小學二年級，對於家裡的地址也記得一清二楚，但這些資訊在這座島上毫無意義。

大地一直哭個不停。真邊緊緊地抱住他，哭了一陣子之後他就這麼睡著了，所以沒能跟他說到什麼話。

話雖如此，除了名字之外也沒有其他必須問的問題。一目瞭然，他是在今天，恐怕就在剛才，來到這座島的。

對於剛來到階梯島的人，有些話必須轉達。

——這裡是被丟棄的人的島。

不過即使大地沒有睡著，這種話我大概也說不出口。

我把書包交給真邊，生平第一次揹起幼小的孩童。

既不覺得重，也不覺得輕。

但是他很溫暖，這份溫暖分外真實，相對冰冷的夜晚反倒有些虛假。

＊

真邊小聲地呼喚我的名字。

「七草。」

「什麼？」

「你打算怎麼辦？」

「今晚就先帶他回我的宿舍去，其他事之後再說。」

「這麼小的孩子也會來到這裡嗎？」

我搖了搖頭。

「我聽說不管再怎麼年幼，會來到這裡的人都是國中生以上，他算是首例吧。」

階梯島是個不可思議的地方，四處都很不對勁，其中有一點特別奇怪，那就是島上沒有小孩子。不知為何，島民生不出小孩。而莫名闖入的人再怎麼年幼至少都是國中生，因此這座島上沒有小學，我們的學校只有國中部及高中部。

像眼前這名男孩一樣年幼的小孩，不應該出現在階梯島。規則照理應該是這樣。

「這孩子也是——」

真邊欲言又止。

我確認大地的鼾聲從背後傳了過來，回應：

「大概也是被丟棄的吧。」

在這座島上的全是被丟棄的人，如果規則中沒有謊言和例外，就是這麼回事。

她再度呼喚我的名字。

「七草。」

「怎麼了？」

「我可以遷怒發洩一下嗎？」

「不行，現在大地在我背上。」

「不是對你遷怒，我只是要在那附近發洩。」

夜路上不見人影，周圍的住家雖然亮著燈，可以從裡面聽到說話聲、電視聲等聲響，但這一切都宛如虛假的，感覺世界上只剩下我、真邊、還有背上的大地而已。

我沒有權利決定真邊能不能發洩。

「可以啊。」我回答。

真邊把我們倆的書包丟在柏油路面上，兩道聲音響起，接著她深深吸了一口氣，然後大概暫時憋住。

衝了出去。

髮絲飛揚。聽得到她的腳步聲，彷彿心臟的脈動。她不顧一切地甩動手臂，低著頭奔跑，然後突然抬起頭。

「開什麼玩笑！」

她大叫、跳躍。

右腳高高地往上踢，踢得比她的臉還高，就好像要將遠方可見的山頂一腳踩平。

在月光的照射下，真邊由宇狠狠地踢向電線桿，那副姿態很漂亮，但是從她鞋底發出的巨大聲響卻又有點滑稽，兩者間的反差令人覺得可笑。

她就這樣摔倒在柏油路，背部狠狠撞上地面，一時間喘不過氣來。她將雙手大大伸展開，對著天空大喊：

「我絕對無法容忍！」

我一面留神避免踩到她的頭髮，一面朝她走近，直到能夠看見她的臉。

「妳太大聲了，會吵醒大地啦。」

真邊皺了皺眉頭。

「抱歉，我會注意。」

「沒有撞到頭吧？」

「沒事，只撞到背而已。」

「痛嗎？」

「痛。」

「很痛嗎？」

「還不至於到很痛。」

「發洩夠了嗎？」

她依然倒躺著，用力搖搖頭。

「完全不夠。」

「是喔。」

我開口問了她一個我早已知道答案的問題。

「妳剛剛說無法容忍，是指什麼啊？」

真邊目不轉睛地望著我。

她的瞳孔筆直地反射著月光。

「竟然拋棄這麼年幼的孩子，真是難以置信。」

「還不知道是誰拋棄的啊。」

「不管是誰都一樣。不管是誰，我都無法容忍。」

「那妳想怎麼做呢？」

「那還用說，我要離開這座島，把這孩子送回家。」

說不定遺棄大地的就是他的父母。既然被拋棄的是小孩子，首先自然會這麼猜想。

——那麼將大地送回家是正確的嗎？

結果會不會只是讓他更加痛苦？

不知道。對於不知道的事，我無法給出答案。我和真邊不一樣，沒有辦法真心生氣或大叫。在這個世界上我唯一無法容忍的就只有一件事，而那與被拋棄的小學二年級學生無關。

真邊驀地坐起身子，神情嚴肅地瞪著前方的山。

「總之先打倒魔女吧。」

我偏頭納悶：

「為什麼？」

「說到底，這座島本身就很奇怪，可以輕易將人丟棄的地方，這種場所怎麼可以存在呢！」

「嗯，也許吧。」

「大地的情況就是一個最好的結論，可以用來證明此處存在著極不合理、明顯有誤的規則，害得有人因此困擾。」

「嗯。」

「不先改變規則，就什麼事也做不了。就算逐一奔走幫助受困的人，也無法從根本解決問題。」

「或許是這樣吧。」

「所以我認為必須先改變這座島才行。」

演變成麻煩的情況了。

我並不希望真邊深入探究階梯島的事，但棘手之處在於她的主張大多都是正確的。即使充滿理想、與現實不符，但她說的話並沒有錯，所以才無法輕易反駁。

「對了，已經過了六點三十分囉。」

真邊一臉詫異地看著我好一會兒，接著用右手掩住臉。

「啊，遲到了。」

真邊討厭爽約，卻常忘記與人的約定。她有時少根筋，明明總是面無表情卻意外地很容易激動，而且一旦激動起來，精神年齡就會變得幼小。和兩年前一樣，沒有改變。

——真受不了。

我在心底嘆了一口氣。真邊由宇果然還是真邊由宇，既然她來到這座島上，我就不得不去招攬麻煩事，只能暫時放棄平靜安穩的日常生活了。我今早發現她的身影時，就對這點心知肚明了。

我勉強只用右手撐住背後的大地，伸出左手將真邊拉了起來。

「我陪妳一起到妳的宿舍去說明一下狀況吧？」

「不用了，我一個人可以應付。」

真邊轉過身撿拾被她扔掉的書包。

我望著她的背影。

一點都沒有改變。到兩年前為止，我一直都是像這樣望著真邊的背影。

而她，不管何時也總是毅然地朝著我不期望的方向前進。

＊

我帶著大地回到宿舍，引起了一陣混亂。大家會有這樣的反應很自然，畢竟小學二年級的孩童來到這座島，是前所未有的事。

我把大地託給舍監照顧，他則給了我一封信。那是一封沒有郵戳的信，大概是直接被投遞進這間宿舍的信箱裡。收件人姓名寫的確實是我。

我對上面的字跡有印象。

是堀的字。每個禮拜天我都會收到她寄來的一封長信，但今天是星期四。

回到房間後，我拆開信封。

裡頭裝著與平常的她形象不符的可愛企鵝信箋。內容非常簡短，只有一行字。

——真邊同學很危險。

上頭這麼寫著。

第二話　手槍星

1

連續塗鴉事件的第一樁犯案，被發現的時間是十一月二十日的放學後。

那片塗鴉就在從城鎮通往學校的那道階梯上，誇張地畫在中段稍微偏下的地方。

畫得並沒有多好，是個變形的星星與手槍重疊在一起的圖樣。星星與手槍這種組合讓人聯想到西部電影裡的警長，插畫旁有一排簡單的文字。

——魔女只把過去禁錮在這座島上。未來又在哪裡？

沒有人知道是誰基於何種意圖塗鴉階梯。除了犯人（恐怕還有魔女）以外，誰也不知道。

我想第一個發現塗鴉的應該是國中部的學生。就時間表的安排，國中部結束課程的時間會比高中部稍早一點，所以那幅塗鴉被發現時，我人還在教室裡。

不久後就發現美術室保管的顏料大量消失，所以判斷犯人應該是學校的學生。因為這件事，放學後我被叫到了教職員室。就發現的時間點來推測，那塗鴉很明顯是在上課時間畫下的，而我那天剛好遲到兩個小時以上才到學校。

因此想要說明事件原委，就得從早上發生的事開始說起。

*

我住的宿舍名為「三月莊」。

它是棟兩層樓的公寓，外觀整體塗著讓人心情平靜的黃色，共住了十三名學生與一位舍監，伙食也是由舍監幫忙準備。

我們都稱舍監為春哥，他是名差不多二十來歲的男性，偶爾心血來潮時會彈上一段吉他。廚藝雖然平平，但有時會烤的餅乾卻是極品。

住進來沒多久時，我曾經問過春哥：

「為什麼這裡要叫做三月莊呢？」

他很爽快地回答：

「為了要在三月舉辦派對啊。」

「派對？」

「既然名字叫三月莊，不就能夠以此為由舉辦派對了？」

超乎我想像的答案。

「為什麼有必要在三月舉辦派對呢？」

他的臉上浮現淺淺的笑容。

「若說四月是邂逅的季節，三月就是離別的季節。聽起來怪悲傷的吧，所以我想增添一些快樂的事。」

原來如此，我點了點頭。

春哥有過度飲酒的壞習慣，醉了常會莫名其妙地哭起來，我有幾次撞見他在飯廳打盹，時不時會發出做了惡夢般的呻吟。那身影看起來很悲傷，在我們心中隱隱約約埋下了不安，就像在半夜響起的電話響完後的那片寂靜。

但平時的春哥是最接近我們且能夠信任的大人，因此深受宿舍學生的信賴。

早餐時間，春哥說：

「大地暫時就由我來照顧。」

他在黑色運動服上套著淺藍色的圍裙。餐桌上擺著春哥做的純日式早餐——烤成麥芽糖色的竹筴魚乾飄來陣陣香氣、放有海帶芽的味噌湯冒著暖呼呼的熱氣。住宿生全體合掌說了「開動」之後，他開口如此宣示。

春哥轉向乖乖坐在他旁邊的大地，問道：

「你接下來就待在這裡和我們一起生活，好嗎？」

大地已經不再哭泣，但似乎還無法完整理解自己身處的狀況。

「什麼意思？」他反問。那是又尖又細，很難聽明白的年幼嗓音。

春哥放慢速度回答他。

「今後我們會設法找出讓你回家的方法，不過可能得花上一點時間，在找到之前你就留在這裡吧，我們還可以一起玩撲克牌。」

「撲克牌？」

「你喜歡撲克牌嗎？」

大地把頭一歪。

「什麼是撲克牌？」

春哥嗯地沉吟一聲，然後看向我這邊。

「吃完飯以後，我們就和七草一起玩撲克牌吧。」

「我要去上學唷。」

「我知道，大家都一樣啊。不過只有兩個人玩撲克牌太無聊了。」

春哥說只遲到那麼一次，不會造成什麼問題啦。

身為學生宿舍的舍監，這樣的發言是否有些不妥？但他說得也沒錯，感覺只要跟匿名老師說聲「對不起，睡過頭了」，似乎就能了事。

在我旁邊戳著竹筴魚乾的佐佐岡說：

「很好啊，既然是你帶回來的，就陪陪人家嘛。」

他右手拿著筷子，左手玩弄著掌上型遊戲機。聲音稍微從他的耳機流洩而出，那是段輕快明朗卻又透著恬靜的旋律，就連我都覺得似曾聽過，應該是某個知名遊戲的配樂吧。

我向春哥回答「我知道了」。真邊顯然很在意大地的事，所以我也想趁現在多瞭解他的狀況。

發出聲音喝著味噌湯的佐佐岡露出賊笑。

「我也加入吧，人多才好玩嘛？」

但春哥搖了搖頭。

「佐佐岡不行。」

「為什麼？」

「因為你平時的生活態度很差。你經常※蹺課吧？」（編註：蹺課的日文為サボる，讀音為saboru。）

「我那才不是在蹺課，只是偶爾想要去冒個險罷了。」

「佐佐岡你還真是莫名其妙呢。」

春哥笑了。大地側頭問：「Saboru？」春哥開始進行解說——Saboru是sabotage的簡稱，原本是因為法國的勞工把名為Sabot的木製鞋子……大地針對這番說明，一一提問。「什麼是勞工？」「為什麼要用木頭做鞋子？」這段期間，我則是忙著吃早餐。說起來，我屬於吃飯速度慢的那一型。

「哎呀，你也會想冒險吧？」佐佐岡問。

「還好。」我回答。

冒險寫起來就是冒著危險，我寧可盡量繞路避開危險。為了打倒魔女而爬上山頂這件事，只要真邊一人去做就足夠了。

大地在某些地方讓我感到驚訝。

我本來自作主張地認為他是個怯弱的小孩，但他出乎意料地是個好奇心旺盛又很愛笑的孩子，早餐也吃得不少。

而且他是個聰明的孩子，光是在旁邊聆聽他與春哥的對話，就可以明白他的領悟力很高。舉止也很有規矩，用不著旁人提醒就會自動把餐具端到水槽，甚至還準備踮起腳自己洗碗。

洗碗盤的事暫且先放到後頭，我、大地和春哥圍著桌子坐下。春哥不知從哪變出一副撲克牌來，放了幾張在桌面上排列。

「這就是撲克牌喔。」

大地拿起梅花J，來回轉動翻面。

春哥為他說明起撲克牌——1到13的卡片各有四張，合計共五十二張牌，11到13分別被稱為傑克、皇后、國王，另外還有一種牌不帶數字，叫做鬼牌。

「有撲克牌，我們就能玩各種遊戲，就像有了球就可以玩足球或躲避球一樣。今天我們就先來玩抽鬼牌吧。」

接著春哥說明起抽鬼牌的規則，並把其中一張鬼牌放回盒子裡。大地「嗯嗯」地回應，一臉認真地聽取春哥的解說。

春哥手法熟練地洗好牌，然後把牌分給我們。我分到的十八張牌當中，一開始就有五組成對，於是我便把它們給丟了出去，手中剩下的牌是「2、3、5、7、8、10、11、13」，大多為質數。

春哥與大地似乎也有四、五對對子，因此大家就以大致相同的張數開始了遊戲。

「聽好囉？最後拿著鬼牌的人就輸了。」春哥交代。

首先由大地從春哥手中抽出一張牌，大地笑了笑，把黑桃4與梅花4丟了出來。

遊戲緩緩地進行下去，很意外地我老是湊不齊對子。途中鬼牌從我手中經過，繞了一輪之後又回來，之後它似乎決定要暫時留在我身邊，既然這樣我們就好好培養感情吧。

大地似乎完全沉迷在抽鬼牌遊戲當中，每次都目不轉睛地直盯著卡片背面，以觸撫細緻美術品般的動作輕輕抽出一張牌。

我問了大地一些問題。

「你媽媽是個怎樣的人呢？」

「頭髮長長的。」

「爸爸呢？」

「戴眼鏡，我不太記得。」

「不記得？」

「因為工作，他不常回家。」

「是喔，那喜歡的食物是什麼？」

「我想爸爸喜歡的是啤酒。」

「那大地喜歡什麼？」

「荷包蛋，還有地瓜可樂餅。」

「地瓜可樂餅？」

「學校的營養午餐，很好吃。」

大地說那跟牛奶很合，我回答他原來如此。

「對了——」

我把成對的「7」丟出去，向他詢問：

「想要回家的話，必須找出大地失去的東西喔，你有沒有想到可能是什麼？」

大地歪著頭思索。

「橡皮擦。」

「你弄丟了橡皮擦嗎？」

「嗯，用完就不見了。」

大地失去的東西會是橡皮擦嗎？去失物招領處說：「我是相原大地，我丟失了橡皮擦。」這樣就能夠離開這座島了嗎？感覺很沒有說服力。

「不過……」

大地小聲地接著說：

「就算回不去也無所謂。」

「家裡嗎？」

「嗯。」

「為什麼？」

大地沒有多作回答，我靜靜地望著他好一會兒，他看上去並不是在逞強。

春哥從我手中抽走紅心A，說了聲「結束」就把最後一組牌打了出來。

我的手中剩下方塊5和鬼牌，大地只剩下一張牌。

「你要挑哪一張？」

我把兩張牌對準大地。

大地目不轉睛地凝視我的牌，他的表情既像是在沉思宇宙真理，又像在聆聽神的啟示。我在小學二年級的時候，曾經這麼認真地玩過抽鬼牌嗎？已經記不得了。

抽右邊！我在心中低語著。

大地輕輕地伸出手，稍微猶豫之後抽走了左邊的牌，那張是鬼牌。他重重地嘆了一口氣，很不可思議地，那表情看起來竟像是對某事感到釋懷。

「難分勝負呢。」春哥說。

我將視線轉向房間裡的鐘，再過十分鐘就要開始早上的班會了。就算現在出門，死命衝上那道階梯，也來不及。

我將視線移回大地身上，他把兩張牌推到我面前。

哪一張是鬼牌呢？剛剛認真去看的話或許能分辨出來，真後悔自己的注意力不夠集中。

無可奈何之下，我把手伸向了右邊，這時大地的表情明顯黯淡下來；我又試著移到左邊，他的嘴角浮現了笑容。他應該還不懂『撲克臉』這個詞是什麼意思吧。

我抽走左邊的牌，大地笑得更開心了。

確認牌面時，我的呼吸停頓了一瞬間。

大地快速地收斂起笑容，以嚴肅的表情說：

「我輸了。」

他輕聲宣布，把小手中的鬼牌放到桌面。

*

反正都已經遲到了，我便決定悠哉地利用時間。

我在第三節課上到一半時才進入教室。教室裡，匿名老師正在教數學，我對她報告自己睡過頭，她便交代：「以後請多加注意。」

坐到位子上的我對上課內容充耳不聞，全心思考著大地的事。

我試著想像地瓜可樂餅的味道、描摹大地失去的橡皮擦外觀，無論何者都不像是能帶他離開這座島的線索。關於年幼孩童造訪這座島的理由，我也完全想不出來。

——輸掉撲克牌的時候，大地為什麼笑了呢？

那肯定不是我看錯。

我無法解讀這位小小孩的心理。

當我呆呆地思考關於大地的事時，地球已經自轉了七、八十度，在即將放學的時候，有人發現了塗鴉。

2

匿名老師的隔壁座位空著。我一走進教職員室，她就伸出右手指著那個位子，要我坐下。

「階梯上發現了塗鴉，是星星與手槍組合成的插圖。」

「是。」

「你知道這件事？」

「因為引起騷動，我也就聽說了。」

匿名老師點點頭。

「今天早上上學時還沒人發現，也很難想像是國中生放學後畫上去的，因為這樣時間應該不夠。」

「我想也是。」

「所以那道塗鴉推論是在上課中畫上去的。」

「我會被懷疑也是理所當然的。」

她用指尖在光滑的白色面具臉頰位置附近敲了敲，發出叩叩的硬邦邦聲響。

「當然不能不懷疑你，但我首先還是得確認實情。你今天早上為什麼會遲到？」

我花了一點時間說明情況，從昨天發現了一個小孩子開始說起。當我說到和那孩子一起玩撲克牌的時候，匿名老師又開始敲響面具。

「然後……」我接著說。

「我買了信紙套組，寫了一封信。」

這是真的，我就坐在階梯上，拿筆記本墊在下面寫信，那封信我已經投遞到郵筒裡了。

匿名老師停下手指，不再敲打面具。

「一封信？」

「是的。」

「為什麼非要在上學前寫信呢？」

「因為我希望能盡早寄出去。」

「那封信是要寄給誰？又是關於什麼內容呢？」

「不好意思，我不想回答。」

「為什麼？」

「這牽涉到個人隱私。」

隱藏在面具後方的匿名老師，一動也不動地注視著我。有好一會兒，我們就這麼無言地望著對方。遠處某個位子上傳來裝訂印刷用紙的聲音。教職員室有一點冷。

匿名老師隨後終於開口。

「你來學校的時候，階梯上已經有塗鴉了嗎？」

我搖搖頭回答：

「不，沒有。」

「那時大概是幾點？」

「我想應該接近十一點。」

匿名老師用手托住下顎。我問她：

「除了我之外，沒有其他遲到或早退的學生嗎？」

「沒有人早退，雖然有人遲到，但你似乎是最晚來學校的人。」

「請假的學生呢？」

「有四個人，另外還有一位學生有來學校卻沒出席聽課。」

我知道她說的是活了一百萬次的貓。

「我也把他叫來了，應該就快到了吧。」

匿名老師像是在確認什麼似地將視線移往桌面，但那上頭什麼都沒有。

她再次看向我。

「美術室裡有油漆，那是運動會時拿來畫加油用的旗幟剩下來的，不過弄丟的卻只有水彩顏料。」

匿名老師放慢聲調，檢視我的表情，就像用放大鏡一一觀察我的動作、仔細確認。我感覺自己似乎變成了新品種的昆蟲，是段不太舒服的時間。

「要塗鴉的話，通常應該會選油漆。裝在大罐子裡比較好用，而且如果想惡作劇、讓人困擾，選擇無法用水洗掉的油漆效果會更好。水彩顏料塗在水泥地上並不醒目，可是犯人卻選擇了水彩顏料，你覺得是為什麼？」

我稍微想了一下之後，回答她：

「會不會是他想使用容易洗掉的方法？」

「為什麼？」

「有兩種可能。一是弄髒手指的話，這樣比較容易除去；二是他沒有打算把那個塗鴉長久留下。」

之後我又想到了一點，於是補充說：

「啊，還有可能是犯人純粹沒有注意到油漆的存在。」

匿名老師點點頭。

「雖然這只是我的感覺，但我覺得假如你是犯人，你會選擇用水彩顏料。」

「是嗎？」

「那幅塗鴉是你畫的嗎？」

「不是。」

「你知道犯人為什麼畫星星與手槍嗎？」

「不知道。」

匿名老師在面具下小聲地嘆了一口氣，接著說：「抱歉占用你的時間。回去時請注意安全。」

我從座位上站起來，對著她稍稍低頭行禮。

我走出教職員室後，倚靠在走廊的牆壁，往窗外眺望了一會兒。

操場上，國中部與高中部合起來僅有十一個人的棒球社正在練習傳接球。由於人數是奇數，有一組是三個人一起練習。我的目光就這麼追隨著沿著三角形邊在飛的球跑。

就旁觀者而言，傳接球並不是什麼有趣的事，然而不知為何卻看不膩。大概是因為球看起來像在違抗重力吧。鳥兒飛翔、噴泉往上湧出這些景象，也是百看不厭。

不久，活了一百萬次的貓從走廊另一端走了過來，他對我說了聲「喲」，我也回了他一聲「喲」。活了一百萬次的貓沒有停下腳步，就這麼走入教職員室。

我依舊眺望著棒球社的練習。思考——也許，會看不膩傳接球是因為其中存在著某種秩序也說不定。鳥兒飛翔的姿態也好、噴泉往上湧出的模樣也好，都讓我感受到一種難以描述的秩序。重力就是個巨大的秩序。或許我就是喜歡違抗巨大秩序的微小秩序。不管怎樣，我很討厭塗鴉，從各種層面來看，塗鴉都缺乏秩序。

看了大概五分鐘左右的傳接球之後，教職員室的門再次打開，活了一百萬次的貓走了出來。

我出聲問他：

「怎麼樣？」

「當然被懷疑囉。不過談話比我預料得還要早結束。」

「那就好。」

「真的。」

「你沒看到犯人嗎？」

「為什麼這麼問？」

「你總是待在屋頂上，也許會有點頭緒。」

「老師也問了我一樣的問題，不過我沒看到。」

我正眼端詳活了一百萬次的貓的臉，他雖然在微笑，但模樣依稀比平常還疲憊。他曾說過自己不擅長同時面對兩人以上的對象，教職員室中除了匿名老師之外，當然還有其他老師在。

「為什麼會有人在階梯上塗鴉呢？」我問他。

「誰知道。人們各有各的難言之隱。有擅長打仗的國王，也有專闖養狗人家的小偷，大家都有無可奈何的事。」活了一百萬次的貓回答。

接著他邁出步伐，大概打算重返屋頂吧，又或者要回自己的宿舍。我並不知道他住在哪裡。

輕微的好奇心作祟，使我對著他的背影問道：

「匿名老師都怎麼叫你呢？」

活了一百萬次的貓把頭轉過來，輕輕地聳了聳肩。

「我就是活了一百萬次的貓喔，沒有其他名字。」

然後他再度邁步離去。

我雖然也想趕快回宿舍，但我的書包還放在教室裡，必須回去一趟。教室裡還剩下真邊、班長、佐佐岡和堀。真邊會留著在我的意料之中，但我沒想到其他三人也在。

真邊看著我的臉，開口：

「怎麼樣？」

「什麼怎麼樣？」

「你被懷疑了嗎？」

「嗯，算是吧。」

「那麼，我們來找出真正的犯人吧。」

我早就料到真邊會這麼說，因為她很討厭被冤枉——雖然她討厭的事，我一口氣就能隨便列舉出二、三十件，不過『被冤枉』這一項是前幾個浮現於腦海中的詞語。

看來會演變為一番激烈討論。我拉開自己座位的椅子，坐了下來。

「不過，應該優先解決大地的事吧？」

「我認為不管誰優先，都不會構成問題。」

「高一學生與小學二年級學生擺在一起的話，理應是小學二年級生優先。」

「嗯，這麼說也沒錯。」

真邊點點頭，這時班長從座位上站了起來。

「先整理一下手上有的線索吧。」

她拿起粉筆，彷彿啄木鳥一樣快速地在黑板上噠噠噠地書寫。她以橫向並排寫出「大地」、「塗鴉」，字跡意外地粗獷。

「問題有兩個——來到島上的小孩‧相原大地，還有畫在階梯上的塗鴉。塗鴉的解決方法很簡單，只要找出犯人就行了。」

她在「塗鴉」下方畫了個箭頭，補上「搜尋犯人」等字眼，接著轉過頭來，將雙手放在講桌上。

「但是，相原大地的部分該怎麼辦呢？」

回答她的人是真邊。

「我覺得需要定期船班。」

她的話經常很跳躍——方才明明聊著午餐的話題，不知不覺卻變成針對生態系的嚴肅討論；上一秒還在討論假日如何度過，下一秒就表示必須調查熱氣球的限制高度。

班長困惑地皺起眉頭。

「定期船班是指什麼？」

「就是這座島對外連結的定期船班啊。」

「為什麼現在會扯上這件事？」

「我思考過後，認為都是因為階梯島被隔離起來，我才會無法釋然。如果可以與原本居住的地方自由往來，那我也就不會對這裡心有不滿。如果有定期船班，就能夠把大地送回家了，今後也不會再發生相同問題。」

確實如此，我心想。

垃圾桶之所以能發揮其功能，是因為它有著堅固的外殼，必要時還附有蓋子之類的配件。如果沒了外殼與蓋子，就無法把沒用的東西封閉在其中。而想要到垃圾桶外，只要把外殼和蓋子破壞掉就行了。

班長用粉筆不停敲著黑板，那動作看起來像是困惑又像在發火。

「可是這種事能辦得到嗎？」

「可能啊。不是早就有定期船班了嗎？我聽說每個星期六會有載著網購貨物的船開過來。」

「但是那不能載人啊。」

「這點很奇怪啊。只要把它改成能夠載人，然後加開班次就好啦。」

「怎麼做呢？」

「跟魔女商量看看。」

班長輕嘆了一口氣，看向我。

無可奈何之下我只好開口：

「撇開能不能實現，這個提案理論上姑且說得通啦。」

真邊的言論總是如此，過分理想。如果事情都能照她所說的發展，就不會有任何問題。但大多數情況，她所設定的目標往往超出學生的能力範圍。班長也點了點頭，重複道：「沒錯，撇開能不能實現的話。」

這下就算是真邊，似乎也察覺到她的意見無法得到全場一致認同。

「還有什麼其他好方法嗎？」她問道。

班長點點頭。

「規則上，想要離開這座島就必須找出自己失去的東西。」

「我認為那樣行不通。」

「為什麼行不通？」

「因為那無法從根本解決問題。即便這次順利解決了，下次可能又會發生同樣的問題。何況說不定有人再怎麼找，也無法找出自己失去的東西。」

「就算妳這麼說，不先一一解決眼前的問題，事情就不會有進展。」

「話說，真的能夠找出失去的東西嗎？」

「什麼意思？」

「假設大地真的失去了某樣東西——」

為了簡化她的假說，我幫真邊做了補充：

「大地說他弄丟了橡皮擦。」

「那假設只要大地找到橡皮擦就能離開這座島，妳認為大地是在什麼地方弄丟橡皮擦的？」

班長應該也明白真邊想說的話了，她不甚情願地回答：

「在他家或者小學，這麼想才自然。」

「嗯。不過大地的家和他就讀的小學應該都在島外才對。難道為了離開島嶼，我們必須去找位於島外的東西嗎？」

真邊指出的點在許多情況都很正確。

稍微思考，便能發現這座島的規則很矛盾。

「在意那種從前提就很奇怪的規則也無濟於事，我們必須找出更實際的手段。」真邊說道。

班長似乎一時說不出話來。

坐在我旁邊的佐佐岡，晃動椅子側身靠了過來，對我耳語：

「真邊這個人難不成很聰明？班長很少在辯論時被駁倒呢，挺新鮮的。」

我小聲回答：

「你這問題不好回答呢，我倒覺得她是個笨蛋。」

雖說如此，這並不代表真邊的腦筋轉得很慢。在辯論上，我認為她還挺強的，所以才更容易讓我徒增辛勞，也容易樹敵。

佐佐岡悠哉地笑道：

「你支持哪一邊啊？」

「為什麼非要選邊站不可啊。」

「真好耶，看到女孩們互相爭辯，不覺得很青春嗎？」

「我想她們兩人並沒有打算爭辯。」

「不，在我看來，班長是做什麼都想駁倒對方那種人。」

的確，我也覺得班長的個性有點好強。她的個子矮小，每次與人爭論、逞強時，看起來就像個拚命想長高的小孩，令人莞爾。不過如果將這個想法說出口，她可能會勃然大怒，因此我決定默不作聲。

班長大概聽到我們兩人的對話了吧，朝這邊狠瞪了一眼。我連忙用她也聽得見的音量說：「認真想辦法啦，佐佐岡。」好讓自己逃過一劫。

「哎呀，我有在想啊？我本來就打算接下來要發表很厲害的意見。」

班長看起來不太高興。

「廢話少說，請趕快進入正題。」

「結論就是，我們失去的東西是在這座島上也能找得到的啦。」

「是什麼樣的東西呢？」

「比如說，愛啊。」

「什麼跟什麼啊，蠢死了。」

「怎麼樣，提到愛的話，暫時就能做個小結了。」

對吧，佐佐岡拍拍我的肩膀徵求附和。這個意見彷彿國中生在課堂上勉強寫出的情詩般空泛，要我同意我也只覺得困擾而已。

班長用力拍打講桌。

「總之，失去的東西想必就保管在失物招領處，既然這樣那應該是有實體的東西，是和我們一起被送到這座島上的，這麼想才對。」

真邊以認真的表情托住下顎。

「沒錯，的確有個叫失物招領處的地方。」

「對，所以在這座島上尋找失物並不奇怪。只要想起失去了什麼東西，失物招領處的人就會把它交還給我們。」

「原來如此，是這樣啊。」

真邊似乎想到了什麼。

我產生不好的預感，因為每次當她冒出新點子時，我的負擔就會增加。雖然還未經學者研究證實，但我認為這個世界上確實存在這條法則。

真邊語帶興奮地說：

「既然利用來往船隻這個方法有困難，失物招領處似乎至少還有點希望。如果可以自由進出裡頭，大家就能輕易找出失去的東西了。」

「可是失物招領處的門有上鎖喔。」

「那不過是扇木門，我想應該沒有多牢固。」

「什麼意思？」

「想破壞它並不難，在亞馬遜上也買得到鏈鋸。」

班長使勁在講桌上一拍。

「那種事不可能被允許的啦。」

「為什麼？」

真邊的側臉看起來十分詫異，看來她真的不明白是什麼意思。

「那可是毀損器物、非法入侵啊。」

「把他人的失物占為己有不也是犯罪嗎？」

「或許是吧，但不行的事情就是不行。」

「不過只是一扇門啊，難道比起回不了家的小孩，門更重要？」

班長再次無言以對。真邊既無惡意也無敵意，她只是直率地將自己的價值觀用言語表達出來罷了，但她的話不太能使人產生共鳴。

我用靠在桌面上的手拄著下巴說：

「也有這樣的方法啦，就把它視為其中一個選項吧。」

接著我索性面向班長，繼續說：

「不過比起破壞木門侵入燈塔，我倒覺得與魔女商量這個方法比較理性、實際一點。」

妳有其他方案嗎？我這麼一問，班長一臉不甘地搖了搖頭，然後在黑板上寫下「和魔女商量」。

「這樣一來，必須找到和魔女見面的方法。」

魔女就在山頂上，可是通往那裡的階梯永遠爬不完——真的嗎？時任小姐說她爬上去了，然而我卻失敗了。

佐佐岡開口：

「我認為塗鴉裡頭含有提示。」

真邊疑惑地偏著頭。

「塗鴉？」

「那個星星和手槍的塗鴉啦，上面不是有寫字嗎？」

「呃……」佐佐岡一時間想不起來，班長代替他回答：

「魔女只把過去禁錮在這座島上。未來又在哪裡？」

「對，就是這句話。不覺得寫的人對魔女的事瞭若指掌嗎？」

「是嗎？我覺得那只是個單純的惡作劇。」

「有什麼關係，就當作他很清楚嘛。」

「就算你這麼說……」

「這樣設定的話，任務就能順利統合成一件事。」

佐佐岡從座位上站起來，推開班長，面對黑板書寫。他從「塗鴉」下方的「搜尋犯人」畫出一條箭頭，與「和魔女商量」連接在一起，並於箭頭前端添加「打聽魔女的事」這行字。

佐佐岡心滿意足地拍了拍沾在指尖的粉筆灰。

「很完美。」

「哪裡完美啊？」

「在遊戲裡基本上只要追著眼前的事件走，就能夠摸索出真相啦。」

「你對一個單純的塗鴉犯抱太多期待了。」

「有什麼關係，反正都要找出塗鴉的傢伙啊。要是結果並非如此，到時候再想辦法不就好了。」

佐佐岡對我說「你也想早點洗刷被冤枉的嫌疑吧」，我回答「也是啦」。但事實上我並不怎麼在意自己被懷疑為塗鴉犯。不過，跟拿鏈鋸鋸開失物招領處的門和闖進魔女的宅邸比起來，追尋塗鴉犯要正常多了。

佐佐岡大概是覺得這個議論差不多該告一段落了才這麼提議，於是我決定附和他。

「既然我們有五個人，就分工合作吧。可以拜託真邊去尋找塗鴉犯嗎？」

真邊點點頭表示明白。

「我和真邊同學一組吧，總覺得無法放心。」班長說。

「我也要和妳們同組，和男生一組一點都不有趣。」佐佐岡說。

真邊從位子上起身，轉向我。

「七草你呢？」

「我負責打聽看看魔女的消息。」

對於這座島，有幾個地方令我在意。

然後我們四個人的視線集中到堀身上。她跟往常一樣，到現在都還沒開口說出一句話。

「堀就跟我一組，可以嗎？」

聞言，她輕輕地點了頭。

*

鏈鋸讓我想起一件事。

小學時，真邊由宇曾經扔石頭打破窗戶玻璃。而她這麼做，當然是蓄意的，帶有明確目的。

同學中有個綽號『和平』的女孩，我並不清楚為何大家要叫她『和平』，不過這件事與我要說的插曲並無太大關係。『和平』為人和善，在同齡學生中算是精神面較成熟的女孩。

事情的開端是『和平』為了暑假勞作而做的存錢筒。

那個存錢筒是用牛奶盒黏上色紙做成的，頂部還貼有旋轉木馬的紙雕。投入硬幣後，盒子裡頭類似風車的機關就會啟動，讓旋轉木馬跟著轉圈。我當時心想她一定是個手巧的人，做得真精巧。

放學後，班上的男同學們興致勃勃地玩著那個存錢筒，我記得當時『和平』也在一旁笑著。

但就在我和真邊聊著天時，情況驟然改變。不知道發生了什麼事，那個存錢筒竟從窗戶落下，往下一看，存錢筒整個毀了，上面的旋轉木馬散落一地，被風吹著跑。

不小心讓存錢筒掉下去的男同學似乎心生愧疚，他或許是想為那份愧疚找個藉口，說了：

「不過就是個牛奶盒罷了。我只是讓垃圾變回垃圾而已。」

我雖然沒有完整記得他當時說的話，但大概就是這個意思。

『和平』一言不發地走出教室。當下我只感到世事無常，然而真邊走近了那名男同學，劈頭便說「去道歉」，但男同學則回應「誰理妳啊」。眼看兩人就要打起來，記得當時我選擇站在真邊那裡。

五分鐘後，真邊拉著男同學的手，衝出去追『和平』。

但她並不知道『和平』住哪裡。

「七草，你知道嗎？」

很遺憾，我剛好知道。她其實就住在附近。

我一面追在真邊身後，一面說：

「明天再說不就好了嗎？我覺得隔一段時間讓大家冷靜下來也比較好。」

我不知道『和平』為了做出那個存錢筒花了多少心血，也不知道她現在有多傷心，但是她為人和善，所以說不定到了明天她就會一笑置之，對一切既往不咎。

真邊頭也不回地答覆我：

「感情上的問題，就算冷靜解決也沒意義。」

回想起來，我不禁為之失笑，很難相信那是從小學生口中說出的話。真邊雖然笨拙，但是個腦筋不錯的孩子。

眼中的她頓時變得帥氣無比，令我不自覺地把『和平』家的位置告訴了她。

可是『和平』家的大門深鎖。不知是因為出門工作還是其他緣故，『和平』的父母似乎都不在家。

按下門鈴後，『和平』的聲音從對講機傳了過來，但她只說了聲：「抱歉，你們回去吧。」之後不管再按幾次，她都沒有出來回應。男同學說：「我要回去了。」

真邊搖了搖頭。

「不行，你沒聽到她在哭嗎？」

的確，透過對講機傳來的『和平』聲音，聽起來略帶嘶啞而哽咽。

真邊繞到庭院，試著從窗戶闖進去，但沒有任何一扇窗敞開。當我看到她抓起庭院一角的石頭時，馬上就領悟到她打算做什麼。

「別這麼做。」我勸道。

她目不轉睛地看著我。

「為什麼？」

「會被罵的。」

我只能這麼回答。事實上問題並不在於會不會被罵，而是我對打破玻璃這件事莫名地感到抗拒，那種感覺近乎恐懼。

「可是她在哭啊。玻璃破掉還有被罵難道比這更重要嗎？」

我說不出任何話。

她走近窗戶，接著說：

「而且我的生日快到了，媽媽答應會買我想要的東西給我。」

會央求窗戶玻璃當作生日禮物的小學生，我只認識真邊一個，當然她想要的其實並不是玻璃。

她對著窗戶揮出石頭，動作毫不猶豫。我至今仍然記得當時玻璃碎裂的聲音，既刺耳又清澈，令人難以忘懷。

真邊把手伸進玻璃上的破洞，從內側打開鎖。

「走吧。」

說完，她拉起男同學的手。對方似乎被真邊的行為震撼到了。

「當心玻璃喔。」

我在她身後提醒，真邊點了點頭，進入屋內。

我並沒有跟上去，跑到附近的公共電話打回家，對家人說：「我在朋友家裡玩，不小心把玻璃弄破了。」

我至今依舊無法判斷當時真邊的舉止是否正確。或許隔一段時間，讓悲傷、憤怒都逐漸模糊淡去才是最妥善的做法也說不定。

然而至少可以知道，只要有必要，她是個會用鏈鋸破門而入的女孩。

3

離開學校後，我邊走邊仰望電線。

我打算去打聽關於魔女的消息。就我的猜想，這島上的維生系統，像電力、自來水等有關承辦人，和魔女所處的立場說不定很相近。一般來說，糊里糊塗誤入這座島的居民，不太可能突然開設發電所。如果循著電線前進，或許可以走到某個跟電力相關的設施吧。

電線在黃昏時分的天空陪襯下，尤其顯眼。並列的五條線一直延伸到遠方，看起來就像沒有音符的五線譜，靜悄悄地。

堀跟在我身旁。

她用粉紅色圍巾藏起嘴巴的部分，以一種有些困擾又似乎不太高興的表情仰望電線。她的視線前端，有幾隻麻雀正飛離電線。

和堀兩人獨處，正合我意。

「我看過妳的信了。」我開口。

昨天晚上寄到宿舍的信，內容只簡明扼要地寫了一行文字。

堀將視線從電線移到我身上。

然而她一句話也沒說，無論何時總是沉默寡言。

「這還是我第一次從妳手中收到那麼簡短的信呢。」

堀的信總是很長。

其中一個原因是話題太多，她的信裡網羅了當週發生的各種事。

比如說在學生餐廳裡，即使班長、佐佐岡與我聊起「喜歡什麼食物」，堀也只是沉默不語，她的答覆會以書信的形式在週末寄來——我喜歡雞蛋三明治，飲料的話則是拉西。

她會規規矩矩地逐一回覆當週所有對話，所以內容無可避免地很冗長。

另一個原因則是其中的註解非常多。以拉西為例，她會解釋——話雖如此，但我並沒有去過印度，所以我不知道平常自己喝的飲料是否能稱得上真正的拉西。雖然我不是很清楚，但聽說傳統的拉西是用名叫達希的優格製作而成的，若問那和日本的優格是否相同，我沒有自信回答是。我聽說在日本有很多食物都已經按照日本人的口味重新調配過，所以我喜歡的拉西也許只是符合日本人口味的日本產拉西罷了。這麼寫來，或許會讓人以為我對印度持有負面印象，覺得我是不是認為「雖然是印度的飲料，但日本人做的更美味」，但我其實完全沒有那樣的意圖，只是想表達「我雖然沒有喝過原產地的拉西，但很喜歡在日本喝到的拉西」而已，希望能夠得到你的理解。

我其實不太明白「喜歡喝拉西」這句話，為何會需要這麼長的註解。但這些文字隱約可以成為線索，方便我去想像是什麼造就她如此寡言。

肯定是因為她的心思過於細膩，而且對於說話用語相當謹慎的關係。

她擔心招來誤解，盡可能避免傷害到任何人，所以若沒有經過一番斟酌，她不會輕易開口。唯有獨自一人靜靜思考，盡情地列出註解直到滿意為止，她才能將想法傳達給對方。

正因如此，昨天夜裡她捎來的那封信才會讓我很意外。

——真邊同學很危險。

信上只寫了這麼一句話。沒有任何註解，也沒有害怕招來誤解的跡象。

我沿著電線的影子往前走，它繞進階梯所在的山中延伸而去，不久道路就變成陡峭狹窄的上坡路，視野被林木遮蔽住。

「老實說，關於昨天妳寄給我的信，雖然非常簡短，但我能感覺到其中的關懷，妳一定很替我擔心吧。」

堀沒有做任何回答，將嘴巴藏在圍巾之中，眼角不時瞥向我，一邊配合我的步調走著。

冷冽的空氣撫觸過頸部，讓我好羨慕她有圍巾，我也想找個東西遮住口鼻。

「但我不太明白信中的含意，對不起喔，明明是專程寫給我的。但因為只有一行，就算想讀出字裡行間的意思也辦不到。」

這是我的玩笑話，但堀沒有露出笑容。我的玩笑很遺憾地常被人說不好懂。

「正如妳所說，真邊很危險，與她扯上關係就會被捲入麻煩事裡頭。除此之外，我認為真邊也身處於危險中。」

真邊由宇很強。

總是勇往直前、毫不躊躇、坦率地追求理想。

所以她常常身處於危險中。為了拯救大地，她肯定什麼事都會去做。大地只是一個偶然遇見的小孩，只不過稍微在真邊的懷裡哭過罷了。然而對她來說，光是這樣就足以成為讓她奮不顧身的理由。

不會變身，也無法使用必殺技的英雄，如果還是無法遺忘正義之心，肯定只能以悲劇收場。

「真邊的頭腦很好，但是個笨蛋，無法想像不幸的未來。讓她去追查塗鴉犯算是剛剛好，因為放任不管的話，她真的會在亞馬遜訂購鏈鋸。」

想像她拿鏈鋸切開燈塔木門的情景並非難事，我甚至能猜想得到她會對趕來的警察做何解釋。階梯島中也有派出所和警察，但因為島上沒有法院，所以警察掌握部分司法權。

假如警察接獲門被破壞了的消息趕到現場，她想必會這麼說吧。

——是，是我幹的。我當然知道這樣違法，但我依舊認為把門摧毀是正確的。想逮捕我的話，請等會兒再動手，因為就算是掙脫你的手也好、把你打倒也罷，我都必須繼續往前邁進。

雖然我不熟悉法律條文，但這大概構成了毀損器物與妨害公務罪，也許還要加上一條強盜未遂。因為還未成年，所以事情應該不會鬧得多嚴重，可是能夠避免的話，還是避之為上。如果放著不管，無論多少次她都會做出同樣的事情來。

「就連是否應該讓大地離開這座島，我都不太敢肯定。我猜測即使讓他回到原本的地方，說不定也只會發生悲傷的事。」

年幼的孩子來到屬於被丟棄的人們的島上，肯定有其原因，我無法想像最後會是個單純的快樂結局。

「但就算跟真邊說這些也沒用，因為她相信孩子就該待在父母親身邊，接受愛的灌溉茁壯成長。大地的家中可能發生了無可奈何的悲劇，一直待在這座島上生活，對他來說或許比較好，但這樣的可能性，她壓根兒無法想像。」

真邊由宇只看得到理想。

現實層面的問題大多與努力就能取得一百分的考試不同，她並不理解這一點。

「真邊很危險，但正因為如此，必須有個人陪在她身邊。」

堀突然停下腳步。

我也跟著停下，凝望她。

從圍巾內側傳來堀微弱的聲音。

「陪在真邊同學身旁的人非得是七草同學嗎？」

她的聲音很纖細，就像害怕的小貓一樣顫抖著。

「好久沒聽到了呢。」我勾起微笑。

「我很喜歡堀的聲音喔。」

應該待在真邊由宇身邊的人，我並不認為是自己。

儘管如此，在這座島上能夠理解她的人肯定只有我，所以現在我不能離她而去。

電線一直延伸到山路前方。

高處傳來鳥鳴聲，有的鳥啼聲低沉而悠長，有的則高亢而短促。太陽逐漸西斜，樹下的陰影變得相當濃厚，也許差不多該往回走了。

正當我這麼想時，我們走出了蜿蜒的山路，視野頓時豁然開朗。

前方有燈光，是從一間小小的組合屋中透出來的。小屋旁邊搭了間像倉庫的灰色建築，倉庫四周圍有柵欄，柵欄上懸掛著一面白色牌子，上頭寫著『配電塔』。

我望向身邊的堀，她也目不轉睛地回看著我，然後將頭往旁邊一歪。

配電塔。一點都看不出來哪裡像塔。

我朝亮著燈的小屋前進，堀也跟在我身後。

我緩緩地敲了三次門，但遲遲不見回應，當我準備再敲響門時，門打開了。探出頭的是一名骨瘦如柴的男子，臉上的鬍子雜亂邋遢。他把我從頭到腳仔細端詳了一遍。

「請問管理旁邊配電塔的人是你嗎？我們對這座島上的電力供應情形有些疑問，所以就沿著電線來到這裡，方便的話，是否能和你談談？」

男人低著頭，似乎一直猛瞧我的左手。

「把手錶摘下。我討厭鐘錶，你先把手錶摘下。」

我聽話地摘下手錶，收進口袋。

「好，進來吧。」他說話的語氣就像守著國境界線的軍人一樣。

小屋中有張木製桌子，桌前放著同樣材質的木製椅子。旁邊還有個附有玻璃門的櫥櫃，那看起來是個碗櫥，但裡頭排放的全是同一款威士忌酒瓶，有稜有角的瓶身上貼著模樣陳舊的標籤。

牆壁上釘了好幾根鉤子，細長的針垂吊向下。我稍微想了想，發現那應該是時鐘上的秒針。在那下方，疊著一堆壞掉的時鐘。

「秒針總是遭到虐待，你說是吧？持續不停地繞著同一個地方轉動，簡直就像個奴隸。它們總是背負著重擔顯得精疲力盡，於是我解放了它們。」

這是革命，男人說。

但在我看來，垂吊在牆壁上的秒針看起反而更悲哀。

男人從碗櫥中拿出威士忌，坐到桌前，直接把瓶口塞進嘴裡。

「你叫什麼？」

「七草。她叫做堀。」

站在後方的堀深深地點了點頭致意。

「是喔，我是中田，配電塔怎麼了嗎？」

我並沒有特別想知道配電塔的事。

但姑且還是得詢問一下。

「配電塔這東西是用來做什麼的呢？」

「變換電壓啊。」

中田先生一面說明，同時不忘喝個幾口威士忌。

「電流這種東西非常不穩定，光是在輸送電力的過程就會逐漸消失，為了減少這種情形，就必須提高電壓；可是電壓太高的話，家電產品又會壞掉，所以得利用高電壓輸送電力，然後在即將送到家家戶戶之前把電壓降下來。」

「就好像趁新鮮把食材冷凍，等到要料理之前再解凍一樣呢。」

「沒錯，被冷凍的電就在配電塔中解凍，即使如此還是會有一些損耗，但那也無可奈何。」

「電是從那裡送來的呢？」

「從島外啊。這座島上又沒有發電廠。」

「怎麼辦到的？」

「誰知道，大概有接海底電纜吧。」

這話好奇怪。跨海輸送電力的話，配電塔不是應該設在海邊嗎？為何會蓋在這種山麓地帶？

他又喝了口威士忌。

「詳細情形我也不清楚，我只是負責檢查配電塔，偶爾幫秒針從殘酷的命運之中解放出來而已。」

「中田先生是從什麼時候開始從事配電塔的工作呢？」

「七、八年前吧，我記不得了，又不是什麼重要的事。」

「是誰拜託你檢查配電塔的？」

「為什麼你會想知道這種事呢？」

「感覺是份很愉快的工作。」

「才不愉快，一直很清閒。」

「我還滿喜歡清閒的。」

「那是因為你不知道什麼是真正的清閒，你能分別清閒與休息之間的不同嗎？」

我認為這兩者是完全不一樣的東西。相異點明明有很多，但一時之間卻回答不出來。

中田先生說：

「它們都是沒有束縛的時間，空白、自由。但人類的本性其實並不渴望追求自由，只要在不自由中混雜著可以喘口氣的自由就夠了。如果太過自由，反而會不知道該做什麼。任誰都一樣，即便熱愛休息，也不喜歡清閒。」

我思考了一下，自己有在追求自由嗎？

答案是不清楚。我從以前就不太明白自己究竟想要什麼，即使肚子餓了，也不知道自己想吃什麼，去書店也找不到想看的書。

「中田先生，你也討厭清閒嗎？」

「是啊，不喜歡。」

「可是……」

我將視線移往那些掛在牆壁上的秒針。

「不會動的秒針看起來也很閒呢。」

中田先生把原本送到嘴邊的威士忌瓶放回桌上，目不轉睛地盯著我看，咧嘴獰笑：

「秒針什麼的，誰管它啊！」

真是不可思議的人。

——既然如此為何要解放秒針呢？

我並沒有把這句話問出口。

因為我覺得那答案顯而易見，根本就不須詢問。假使猜錯了，那也不是問一問就能理解的吧。

隨後，中田先生將堆積在房間角落的破時鐘一一展示給我和堀看。有掛鐘、鬧鐘，也有布穀鳥鐘、手錶，無論哪一個，指針都沒有在動，秒針也已經被拆掉了。

我和中田先生針對鐘停下的時間是上午還是下午討論了一下，答案當然無從得知。不過有的鐘看起來像是停在凌晨五點十五分，有的則似乎停止於下午兩點三十分。

堀一如往常地默默聽著我們的對話。「為什麼一句話都不說呢？」中田先生問。「沉默很詩意啊。」我回答。

我們大概就這樣過了三十分鐘。

離開小屋前，我再度詢問中田先生。

「是誰拜託你檢查配電塔的呢？」

這次中田先生正面給了答案。

「應該是魔女啦。」

「你和魔女見到面了嗎？」

「沒有，但我收到了一封信。」

「信的內容是什麼呢？」

「記不得了，只知道裡面裝了這裡的鑰匙。開始管理配電塔後，每個月會有薪水匯到我的戶頭，大概就是這樣吧。」

原來如此，我點了點頭。魔女從頭至尾都不會現身。

我換了個問題。

「那你認識從這座島消失的人嗎？」

這座島偶爾會有居民消失，那些人被認定是離開了島回到原本的地方。中田先生已經在這座島上住了好些年，就算只有一個人也好，他總會對從島上消失的人有點頭緒吧。

「我幾乎不和任何人來往。」

「這樣啊。」

「不過，我知道一個。」

「請告訴我。」

他伸出手掌用力地摩擦因威士忌而漲紅的臉。

「是個小孩子。」

「小孩？」

「我想大概七、八歲左右吧。在這座島上挺引人注目的，但不知不覺間，他就不見了。」

跟大地差不多年紀。

「那是什麼時候的事呢？」

「我不記得了啦，大概七、八年前吧，我剛到這座島的時候。」

也就是說現在約十五歲左右，如果還在這座島上的話，應該會在學校就讀，不過我沒有聽說過有學生從小學時期就生活在這座島上。

或許是醉意逐漸湧現了吧，中田先生說話的發音愈來愈含糊。

「話說回來，那孩子曾給了我一封信，是個很奇怪的信喔。不，也許那並不是信，我對文字的定義不是很清楚，身上也沒有辭典。」

看來他是個酒精一下肚，說話就容易脫節離題的人。

「上面寫了些什麼呢？」

「沒有文字，只畫了個圖畫，畫得很不錯喔。」

圖畫。那樣也許的確稱不上是一封信，雖然我曾經聽說過只寫了問號的信。

「是怎樣的圖畫呢？」我問。

中田先生歪起頭，再次摩擦臉頰。

「是星星啦。」

「星星？」

「是畫了黃色的星星還有黑色手槍的圖。」

我一時間說不出話來。

——星星跟手槍？

莫名其妙。我頭腦一陣混亂，甚至還感到輕微寒意。

那跟今天早上在學校發現的塗鴉相同。為什麼？我完全不明白這之間有何聯繫。

「但是那孩子已經不見了。」中田先生補上一句。

4

回到宿舍，吃過晚飯後，位於餐廳一角的粉紅電話響了。

春哥對我說：「是女孩子打來的喔。」我接過話筒，傳來真邊的聲音。

「晚安，今天如何？」

幾張椅子百無聊賴地排列在空蕩蕩的飯廳裡，我從中拉了一張出來，坐到粉紅電話前面。然後，我在電話中敘述了剛才的事——那裡有座配電塔、小屋還有中田先生。他幫許多秒針自殘酷的命運中解放出來，但這件事就略過不提了。中田先生會開始管理配電塔，是因為魔女寄了封信拜託他。雖然不清楚事情全貌，但他似乎也不太瞭解魔女的事。薪水則是每個月匯到他的戶頭。

我沒有說出以前也曾有小孩來過島上的事，也沒提及中田先生收到了一張畫有星星與手槍的插畫。因為我的思緒還很混亂，覺得無法好好向她說明，要是說溜嘴，之後恐怕會遺留下問題。

電話那頭傳來她一本正經的聲音。

「你說戶頭？這島上也有銀行嗎？」

「有郵儲可以用。唯一一台ＡＴＭ就在昨天去的那家郵局裡。」

因為可以正常領取存款，所以我至今就算從未認真打工，日子也還過得下去。

「那家郵局是真的嗎？」

「什麼意思？」

「我的意思是，它屬於日本郵政集團嗎？」

「應該是吧，它有郵儲啊。」

「為什麼地圖上沒有標記的島中會存在那種東西？」

「誰知道啊，就只能接受了。」

這座島可以收到亞馬遜寄來的貨物，郵局裡也有郵儲的ＡＴＭ，但是Google Map上沒有記載，人也無法離開島嶼。雖然不知道這一切是如何成形的，但也只能接受了。

「妳那邊的情況如何？」我問。

我們散會後，她應該都在調查塗鴉犯。

「和今天向學校請假的四名學生都取得了聯絡。」

「喔，不錯嘛，調查進展得很快。」

「水谷同學跟老師之間的關係似乎不錯，幫了大忙。」

「那真是太好了。」

「可是，沒有什麼可疑的人。有三個人是生病，還有一個則是裝病休息，那四個人應該都沒有離開宿舍。」

「那可傷腦筋了，該怎麼辦呢？」

「不過他們也有可能偷偷溜出宿舍，又或許犯人並非學生，抑或者有什麼方法可以在上課中畫圖。」

「也是。」

結果完全無法鎖定犯人，不過那也沒關係，至少在調查犯人的期間，真邊也能過上平穩的生活。

真邊在電話的另一端說：

「然後，我明天打算去港口看看。」

原來如此。明天是星期六，會有各種貨物運到港口，而真邊的目的是增設這座島與外頭連結的定期船班，所以她也想調查一下這方面吧。

「雖然我很想盡早去見魔女，但船班一個禮拜就只有一次。」

「嗯。階梯並不會不見，後天再去也行。」

真邊與班長、佐佐岡預定要在明天早上十點集合，我決定陪他們一起去。我和佐佐岡就住同一棟宿舍，屆時只要跟著他就行了吧。

「大地的情況怎麼樣？」真邊問。

「不用擔心，沒問題喔。目前看來跟我們的舍監相處得挺融洽的。」

大地就像個擺飾品一樣獨自乖乖坐在飯廳桌前，他穿著鬆垮垮的運動衣，應該是春哥買給他的吧。

我朝他招招手，察覺到的大地跳下椅子，踩著小碎步向我走來。

「什麼事？」

我把話筒貼在手上，對大地微笑著說：

「我們提到了你。真邊——就是昨天發現你的那位姊姊喔。有沒有什麼話要跟她說？」

大地沉默了一會兒後，點了點頭。

手邊的聽筒傳來微弱的聲響——「七草，怎麼了？」

聽到她的聲音，我再度將聽筒放到耳邊。

「剛好大地就在旁邊，我讓他跟妳說說話喔。」

「好。」

我把話筒遞出去，大地的手像是在害怕什麼似地小心翼翼接過它。他看起來總是在害怕什麼，就連笑的時候也是，一直都是。

兩手扶著話筒的大地，微微低著頭說：

「我是相原大地。昨天謝謝妳。」

接著他用一種彷彿在問「這樣可以嗎？」的眼神望著我，朋友飼養的狗在撿回丟出去的東西之後也會露出類似神情，讓我不禁想笑。

我雖然聽不到，但真邊似乎對他說了什麼，大地很用力地將聽筒按在耳朵上。

「嗯。」大地點點頭。

「不知道。」大地說。

「好。」大地說。

「嗯。」大地說。

「地瓜可樂餅，很好吃。」大地說。

最後的問題大概是關於今天的晚餐吧，其他四個就沒辦法想像了。

「好。」又答了一句之後，大地將聽筒遞給我。接過話筒後，我向真邊問：
「你們說了些什麼呢？」
「很普通又理所當然的事啊。」
「是喔。」
「零錢快沒了，我要掛了喔。」
「嗯。」
「那明天見。」
晚安，真邊說。
晚安，我回應。
我心想，希望彼此都能睡個好覺。
把聽筒掛回粉紅電話機上後，我和一直盯著我看的大地四目相交。
我微笑著問：
「你有事找我嗎？」
大地用力地點頭，然後摸索起褲子的口袋，接著拿出放在透明盒子裡的撲克牌。
「如果有空的話，可以跟我一起玩嗎？」

「好啊，我基本上都很閒。」

大地很開心地咧嘴笑了。

他似乎相當喜歡撲克牌。我在學校上課的期間，聽說他跟著春哥學會了快速接龍跟單人接龍。

我和大地面對面坐在飯廳桌前，玩了一會兒二十一點。因為他很快就能理解規則，我也玩得很盡興，又試著教他梭哈。我從廚房裡找來火柴棒，用以代替爭奪的籌碼。

這段期間，我問了一些稀鬆平常的問題。「你喜歡什麼科目？」「假日都玩些什麼？」

大地是個喜歡算數與足球的孩子，玩足球時通常擔任守門員。另一方面，他幾乎不提家庭的事，一說到雙親，他回答「不知道」的次數隨即增多。

在第七輪遊戲開始時，大地持有的火柴棒比我還多了一些。他拆開兩把對子，硬是想要湊出順子，結果卻什麼都沒湊成，最後我憑一對J獲勝。亮出手上的牌時，他淺淺地笑了。

不可思議的小孩。

今天早上在玩抽鬼牌時，大地也笑了。手中剩下鬼牌的他，在小聲地說出「我輸了」之前，確實露出了笑容。

大地似乎總是寧可輸掉一些，他打從心底享受遊戲，可是卻想把勝利讓給別人。

小學二年級的孩童會這麼做嗎？真教人難以置信。

為下一場遊戲發牌時，我開口問他：

「今天早上你說過不回家也沒關係，對吧？」

大地目不轉睛地盯著我，他的表情是很完美的撲克臉，我無法從上頭讀出任何東西。我聯想到午夜的湖畔，他的表情就如同那渾然天成的寂靜。

我抽出兩張牌做交換，大地則抽出三張。

「為什麼不回家也沒關係呢？」

沉默持續了很長一段時間。

我也沒有再多說什麼。

「我會怕。」大地只回答了這句話。

小學二年級的學生害怕自己的家，其中究竟會有怎樣的原因呢？應該不會是考試分數不佳，或是無關緊要的惡作劇被識破這類理由吧。他已經在這島上度過了整整一天，如果只是那種輕微的理由，正常情況下，他這時應該早該被無法見到雙親的恐懼所籠罩才對。

「害怕什麼呢？」

大地沒有回答，一動不動地注視著自己手上的牌。

無奈之下，我只好先開口：

「我啊，很怕真邊由宇。從以前就對她感到害怕，很難用文字去說明為什麼，不過硬要說的話，應該是因為我和她個性完全相反吧。」

這座島上的人多多少少都擁有缺點，例如害怕學校的老師、愛說謊的友人、無法正常與人對話的堀，還有耳邊一直聽著遊戲音樂的佐佐岡、不照顧人就覺得彆扭的班長，以及一直在解放秒針的中田先生，每個人都具備某樣缺點。

——話說回來，七草，你的缺點是什麼呢？

活了一百萬次的貓曾這麼問過。

「你聽過悲觀主義這個詞嗎？」

大地搖了搖頭。這也是理所當然的吧，這個詞應該不在大多數小學二年級學生的詞彙庫裡。身為悲觀主義者的小學二年級學生，還是不存在為妙。

「我也不是很清楚，我想在心理學上肯定有各種詳細的定義吧。」

「心理學是什麼？」大地問。

「研究人類內心活動的學問喔。」我回答。

然後我接著說：

「簡單來說，悲觀主義就是指凡事都往不好的方向去想，相反詞是樂觀主義。解釋相關定義時，經常會拿裝滿半杯水的玻璃杯為例。看到玻璃杯裡有半杯水，樂觀主義的人會想還有半杯水；悲觀主義的人則會認為只剩下半杯水。」

這些話對大地來說還太難吧。

聽說頭腦真的很好的人，能夠用簡單的話把難懂的事傳達出來，但我沒有那樣的智慧。不過我想誠實地告訴大地，所以只好把難懂的事原原本本地表達出來，就算他現在無法理解也沒關係。

「我覺得自己是個悲觀主義者，也許正確來說並不算，但我的想像總會往負面的方向延伸。訂了計畫後，我總覺得肯定會失敗。交了朋友，我也會想以後肯定會鬧不合。發現美麗的東西，就想到它有一天會污損。」

不知是誰，大概是歷史上某位聰明人曾說過：

——過度的悲觀主義，等同於過度的樂觀主義。

如果放棄一切，對凡事都不抱期待，那就什麼事都能辦得到。不顧一切挺身面對大惡的英雄，不是過度樂觀主義者，就是個過度悲觀主義者。只要放棄一切，豁出性命也就不是什麼難事了。

我並沒有大徹大悟到那種程度，不過我的行為準則總是基於悲觀想法，與真邊由宇正好相反。我說忍耐的相似詞是放棄，她則認為放棄是忍耐的相反詞。

我很怕與我正好相反的真邊由宇。

這種心態果然很難用語言清楚表達。

真正的悲觀主義者放棄了一切，所以肯定不會懼怕任何事吧。以一個悲觀主義者的角度來看，我只是個冒牌貨。

大地靜靜地聽我訴說，不知道他對此有什麼想法，如果我的話無法確實傳達給他那也沒辦法。

「總覺得你跟我很像。」我說。

這八成不是應該對小學二年級學生說的話，我自己也不甚明白為何我要對他這麼說，但我還是繼續說下去：

「有一天，等你願意的時候，我希望你可以告訴我你害怕的事物。也許我無法給你什麼有用的建議，但至少可以幫你紓解一下心情也說不定。」

我究竟想拿眼前的小孩怎麼樣呢？

我想要給予他什麼？又想獲得什麼呢？

不知道。但我會那麼說肯定是為了我自己。

大地稍微點點頭，向我道謝。

我們重新開始玩梭哈。

但兩個人都湊不出什麼好牌。

5

時鐘的秒針不眠不休地轉動，也許正如中田先生所指，那模樣有如奴隸一般。

翌日早上接近十點的時候，我和佐佐岡一起走出宿舍，前往與真邊她們約好碰面的場所。我們要去港邊見見運送貨物的定期船。

佐佐岡嘟囔：

「這任務很難懂耶，去了港口以後，接下來要做什麼呢？」

「應該是和船長交涉吧，請他也載運乘客。」

「你覺得這種事會被允許嗎？」

「應該行不通吧。說到底，那種事的決定權握在魔女手中，要交涉應該得去找她。」

「為了讓船班航行而去向魔女交涉，這樣的順序不會很奇怪嗎？通常應該是為了潛入魔女的島而向船員打交道，這樣才自然吧。」

「一點都不自然，話說回來，我根本就不希望真的會有魔女登場。」

每天邊發牢騷邊不情願地去上學、看到還算可愛的同班女同學而小鹿亂撞、對充滿不確定性的將來抱持不安，這樣過日子才像是正常的高中生。既不用和魔女交戰，也不須跟船員打交道。

我硬生生地把呵欠吞回去。

「如果覺得沒意思的話，沒必要陪著我們啊，留在家裡打電玩不就行了。真邊很任性妄為，如果認真看待，會被耍得精疲力盡喔。」

「不要。出現不可思議類型的女孩子時，依照常識就該被她拖著跑啊。」

「我搞不懂你的判斷基準。」

「是嗎？沒有什麼東西比對女孩子的好奇心更單純的啦。」

「原來如此。也許是吧。」

「那你為什麼要陪著真邊呢？」

「為什麼呢？我也覺得不可思議。」

學生宿舍集中在通往學校的階梯附近。真邊住的宿舍就在三月莊的對面，因此我們會合的地點就選在穿過小巷、走出大馬路的第一個轉角。大馬路邊稀稀落落地擺了幾張長椅，不知道是誰基於什麼理由放置的，真邊與班長就並肩坐在其中一張長椅上。

四個人互道了聲「早安」。

聽說堀今天沒有要參加，班長雖然邀了她，卻被她拒絕，想必是有別的事情要做吧。班長在傍晚也早就排定要打工，所以她只能陪我們到那時候。

「聽說在那之後又發現塗鴉了。」班長說。

佐佐岡倒是挺以此為樂地問：

「真的嗎？長怎樣？」

「我聽說這次也是星星與手槍的塗鴉，地點也一樣是在通往學校的階梯上。」

「為什麼妳會知道呢？」我問。

總不可能是今天早上的新聞播出的吧。

「朋友打電話告訴我的，因為昨天我在搜尋塗鴉犯。」

「原來如此。」

看來這件事已經傳開了。階梯島是個鮮有案件的地方，大家肯定都很清閒吧。

「聽說這次也有附上奇妙的字句唷。」

「喔，寫了些什麼？」

「『你們就身在鏡中，而你們究竟是什麼？』似乎是寫了這麼一句話。」

真邊皺起眉頭。

「真想不通，如果想傳遞什麼訊息，直接寫出來不就好了？」

「對啊。可能是只想讓某個人明白吧，就像暗號一樣。」

「既然這樣只要寄信不就得了。把莫名其妙的內容寫出來供眾人觀看，又是基於什麼理由呢？」

「結果就是單純的惡作劇吧，我覺得沒必要認真看待它，也許創作者認為那是一種藝術表現也說不定。」

佐佐岡在兩位女生的對話中插嘴：

「這不是挺好的嗎？讓人雀躍不已啊。比起停船的碼頭，塗鴉犯還比較有趣，不是嗎？」

我問真邊：

「妳打算怎麼辦？」

「塗鴉犯暫且先放一邊吧。就算去到現場，我也不覺得能弄明白什麼。」

確實如此。

我正要點頭時，班長開口了。

「關於犯人的身分似乎相當有進展。」

「什麼意思？」

「有人在犯案現場附近目擊到『等等』。」

等等。活了一百萬次的貓。

班長說，老師們似乎都在懷疑等等。

我將碼頭一事交給真邊他們處理，一個人前往學校。

跨越過兩幅塗鴉，我爬上階梯——魔女只把過去禁錮在這座島上。未來又在哪裡？你們就身在鏡中，而你們究竟是什麼？

我回想起從中田先生口中聽來的事——這座島上曾經來過一位年幼的男孩。早在八年前，男孩就給了中田先生一封畫有相同圖案的信。那究竟是怎麼一回事？這種莫名其妙的感覺讓我心生鬱悶。

我知道就算是星期六，活了一百萬次的貓也會待在學校。

快步爬上鴉雀無聲的校舍，我打開通往頂樓的門。活了一百萬次的貓就坐在欄杆旁，手肘靠在膝蓋上望著我。

他一臉平常地對我說：

「怎麼了？這麼慌張？」

為了平息急促的呼吸，我將身體就這麼靠在敞開的門上，深呼吸幾次之後，我問：

「塗鴉犯是你嗎？」

活了一百萬次的貓困惑地歪了歪頭。

「誰知道呢。但我覺得我的繪畫天分更好一點。」

「為什麼你會遭到懷疑？」

「昨天我沒有去上課，然後今天早上有人看到我在階梯附近。」

「就只是這樣嗎？」

「那時候我手裡剛好拿著畫筆。」

我走向活了一百萬次的貓，在他身旁坐了下來。

「為什麼？」

「最早發現第二幅塗鴉的人大概是我吧。我發現顏料有些脫落了，就想重新幫它上色。」

「你還真愛做些無聊的事。」

「好玩而已啦。所以我也不能說是完全被冤枉，那塗鴉上的確有一塊地方是我上色的。」

「老師那邊呢？你也這麼說了嗎？」

「沒有，我直接裝傻啦。就算我說只塗了一角，他們也不可能會相信啦。而且無論犯人是誰，是我也好，都沒什麼大不了的。」

「被當成犯人的話，會招來很多麻煩喔？」

「也不至於吧，肯定不會有什麼改變的。從以前到現在不都是如此嘛，我死過一百萬次了，卻什麼也沒有改變啊。」

這不是什麼改變不改變的問題，真邊由宇很討厭有人蒙冤。活了一百萬次的貓的罪只不過是把塗鴉的某個角落重新仔細上色而已，除此之外別無他錯。

「近日應該就會找到真正的塗鴉犯了。」

「是嗎？既然我會遭到懷疑，不就表示沒有其他更像樣的嫌疑人嗎？」

「就算是這樣也該找出來啊。一直找不出真正犯人才奇怪。」

「可是沒有任何人會站在我這邊。」

「真邊正在調查犯人。」

「區區一個女孩子又能做些什麼？」

「幾乎什麼都做不來。即便如此，還是能夠找出犯人。」

「真是這樣的話就好了。」

活了一百萬次的貓稍微伸個懶腰放鬆身體，同時說道：

「不管怎樣，我還滿在意那個圖案的。」

「圖案？塗鴉的？」

「對啊，就是那個由星星與手槍組合成的圖案。」

「你有什麼頭緒嗎？」

「我首先想到的是警長的星星，就是在西部片決鬥的那個。」

「為什麼會在階梯上畫下那種東西呢？」

「也許犯人自認為是正義的使者，想要獨自守護這座島。」

我搖了搖頭。

「我不明白。階梯島上又不存在什麼危險，究竟是要守護這座島遠離誰的侵犯呢？」

「我也不知道。不過能想得到的就只有魔女了，那個塗鴉位在階梯上，第二幅落在比第一幅還要高的位置，看起來就像是在逐漸接近魔女。」

「從魔女手中守護階梯島？」

「不知道啦，那只是我的想像。」

「區區塗鴉是能保護得了什麼啊。」

「肯定什麼都保護不了吧。不過，魔女是這座島的秩序，而過往中在街上出現的塗鴉不大多都象徵對秩序的反抗嘛。」

「嗯，應該是吧。」

「也有可能是才能未被認同的藝術家在自暴自棄吧。但如果是那樣的話，那些塗鴉未免太過粗糙了，對作品的愛啊、偏執啊、自戀等等，這些要素看起來不夠多。」

「你很瞭解藝術？」

活了一百萬次的貓哼笑出聲。

「若是關於形狀烤得很漂亮的魚，我可以跟你談上半天，但是人類並不承認那是一種藝術吧？這樣一來，我瞭解的就只有如何發出撒嬌的聲音，還有如何張牙舞爪這一類了。」

「無論哪個都不像你會做的事。」

「所以才好啊，那就是所謂的反差。老是大搖大擺離去的貓，有一天突然湊近自己身邊，這樣才可愛啊。」

活了一百萬次的貓不可能讓人覺得可愛。

衝上階梯而冒汗的肌膚，如今因接觸室外的冷空氣而逐漸發涼，我微微顫抖了一下，用手掌摸了摸臉頰。冰涼的肌膚互相碰觸，兩者竟都稍微產生了些暖意，真是不可思議。

「關於星星與手槍的組合，我還聯想到一個東西。」活了一百萬次的貓說。

他眺望著天空。不知不覺間，聚集了相當多的雲朵，看起來有點沉重、顏色灰暗，可能快要下雨了。階梯島上沒有氣象預報，所以無法查詢。

「手槍星。你聽過嗎？」

我點了點頭。

我對天文並不太熟悉，但我知道手槍星，那是顆位於射手座方向的星星。

「是我喜歡的星星喔，如果在某個問卷上被問到喜歡的星星，我會回答手槍星。」

關於喜歡的食物、顏色，我常一時間回答不出來，但講到星星的話，答案早已確定。

活了一百萬次的貓笑了。

「那種問卷聽都沒聽過。」

「我也沒聽過，大概沒有人想瞭解別人喜歡哪顆星星吧。」

大家只對太陽、月亮、北極星，還有主流的夏季大三角有興趣，認為其他的星星全都一樣吧。

「人類對於真正重要的事，一點也不渴望去瞭解啊。」

「喜歡的星星算是重要的事嗎？」

「至少比喜歡的食物或顏色還重要。」

「為什麼？」

「因為那些事情很難決定啊。要對難以決定的事做出決定時，無論如何都得有所體驗或擁有一套生活哲學。真正該問的問題是——你最後一次認真凝視影子是什麼時候？買指甲剪的判斷基準是什麼？喜歡的星星是什麼？食物或顏色都無關緊要，職業與出生年月日也毫無意義。」

「是這樣嗎？」

「就是這樣。」

我好久沒有望著影子了，購買指甲剪時也沒有什麼特別的根據。來到階梯島後，我第一次自己買了指甲剪。是與其他日常用品一起在亞馬遜訂購的。我已經想不起來自己是以怎樣的基準，從一大串搜尋結果中選出一把指甲剪。

我詢問活了一百萬次的貓。

「你喜歡的星星是哪顆？」

「嗯，我喜歡涅墨西斯星。」

「沒聽過。」

「因為還沒找到啊。有個假說認為太陽存在著伴星，那伴星的名字就叫做涅墨西斯。」

「為什麼你喜歡那顆星星呢？」

「如果它真的存在的話，涅墨西斯就能稱得上是最靠近地球的恆星。既然它繞著太陽周圍旋轉，也許在某個時間點會比太陽還更接近地球。但是我們卻找不到這顆星星，因為太陽光太過強大，所以即使旁邊有其他小星星在閃耀，我們也看不到。」

「好哀傷喔。」

「嗯，我的個性就是會想支持悲淒的事物喔。」

「這種星星真的存在嗎？」

「大概不存在吧，印象中好像有人提出否定的研究結果。」

「不存在真是太好了。」

令人悲傷的星星還是不要存在比較好。

「即便如此我還是希望它存在。」

「為什麼？」

「那是當然的啊，因為是我最喜歡的星星嘛。」

就在我快要接受他的說法時，不知為何又有種似乎被騙的感覺。

我有些在意真邊那邊的情況，打算跟活了一百萬次的貓告別，不過在那之前，我又問了一個問題。

「吶，難不成你是因為知道塗鴉犯是誰，所以才試圖包庇他嗎？」

如果不這麼想，就無法解釋他為什麼會在塗鴉附近拿著畫筆。

但活了一百萬次的貓搖了搖頭。

「我哪有可能這麼做，貓都很隨興啦。」

我站起身，對他說自己差不多該走了。

＊

我在上小學之前就知道關於手槍星的事。

某個夏日，我和家人去野外露營。我父親並不屬於喜歡這種活動的類型，想必那只是他一時心血來潮。

盛夏的夜晚悶熱得讓人難以入眠，也許只是因為睡在和平常不同的床鋪上而使我情緒亢奮吧。

「你睡不著嗎？」旁邊的父親問。

印象中我點了點頭。

「不然我們去散散步吧。」

父親領著我走出帳篷。

青草的味道乘著熱氣湧入鼻腔，遠處傳來貓頭鷹的叫聲，黑色的枝椏與黑暗糾纏在一起，有種陰森恐怖的感覺，我小跑步追在父親後頭。

露營營地距離海邊並不遠，我們走在土壤裸露的小徑上，來到岸邊。海浪的聲音既緩慢又平穩地響著，彷彿要在早晨來臨之前調整好構築這世界的無數齒輪的節奏。

「你看。」

父親指著夜空。

我抬頭一望，頓時忘了呼吸，對夜晚的恐懼也驀地從胸中一掃而空。

浩瀚無垠的星空。

星星的光芒過於直接、純潔、清澈，使我什麼話都說不出來。無法想像那是現實的光景，倒像是異世界在眼前展開。

在滿天星星的照耀下，夜空的黑暗並非純粹的黑，而是溫潤閃耀的深藍色。抬頭仰望，就彷彿落入天空般，是種具有吸引力的群青色。

震懾之下，我只覺得頭昏眼花，差點摔倒，整個人幾乎要被這景色給壓垮。

父親平淡地指著夜空，向我說明好幾顆星星。有的星星擁有悠久的傳說，有的星星只獲得記號般的名字。

父親指向射手座的方向。

「那是手槍星喔。」他說。

然後他告訴我關於手槍星的事。

簡而言之，我的心被奪去了，被那顆在群青色天空中閃爍的小小光芒——手槍星給奪走了。

這是個與任何事物都毫無連結的回憶。

它嵌在我胸口內側，是個孤獨且不可能被牽動出來的記憶殘片，也是絕不會受到傷害的東西。本來應該是這樣才對……

可是現在卻出現在我面前。

手槍星如今從群青色的絢麗夜空墜落，緊貼在有點骯髒的水泥地上。

6

理所當然地，真邊由宇不可能不製造問題。

當我抵達港口時，他們並肩坐在長椅上，只有真邊跟以往沒什麼兩樣，班長和佐佐岡則一副精疲力盡的模樣。氣氛明明很沉重，但真邊手中卻抱著一個不合時宜的大紙箱，看起來有點可笑。

「怎麼了？」我向他們問道。

三人同時轉向我，真邊回答：

「我打算坐上船。」

「偷渡？」

「嗯。」

「妳該不會是想鑽進那個紙箱混入貨物之中，結果卻被發現，挨了一頓罵吧。」

「你還真清楚。」

「因為妳很單純啊。我倒覺得應該先跟負責人試著溝通一下。」

「那我們也試過了，但對方果然說不能載人。」

「原來如此，不過妳實在太亂來了。況且妳一搭乘交通工具不是馬上就會不舒服嗎？如果在紙箱中暈船，可就糟糕透頂了。」

有那麼一瞬間，真邊看似困擾地皺起了眉頭，接著以鬧彆扭的口吻說：「我想我能忍耐。」

不管怎樣，我都不覺得光靠藏身於紙箱就能夠偷渡成功，如果單憑這種方法就能到島外，那大家就不須這麼辛苦了。

「進到紙箱裡後不就不能動了嗎，妳是打算怎麼上船？」

「我請水谷同學和佐佐岡同學幫忙抬。」

我把視線轉向他們兩人。

佐佐岡說：「我試著阻止了喔？」班長瞪著他的側臉指責：「騙人，你嘴上這麼說，還不是找了台車過來。」我不禁嘆了一口氣。

「聽好了，真邊，偷渡是犯法的。」

「也許是吧，不過……」

「只有妳一個人的話，那還無妨，可是妳不該連累班長和佐佐岡。」

佐佐岡其實沒什麼關係，不過姑且還是讓他湊個數。

「有好好向他們道歉了嗎？」

「還沒。」

「去道歉，妳給他們添麻煩了。」

真邊從長椅上站起身，朝兩人低頭道：「對不起。」我也轉過頭去，主要是朝著班長，致歉：「真邊太亂來了真對不起。」班長努力露出和善的笑容。

我感覺到應該要再多斥責她一下，於是重新朝向真邊。

「妳到底在想什麼啊？妳的目的是跟魔女商量，好讓定期船班能夠通航吧？魔女就在這座島上，妳就算上了船又有什麼用，也不見得能夠回得來啊。」

「但是，一旦到了外頭，就能找警察商量啊。」

「至今為止也有人從島上消失，大家認定他們回到了原本的場所，然而這座島的事似乎依舊沒有被外面的人發現，這表示魔女可能用了某種方法阻止這種事發生，這樣想很自然吧。」

「某種方法是？」

「比如說消除記憶。我們每個人都失去了來到這座島時的記憶，就算到了外頭，會失去在階梯島上的記憶也不奇怪。如果真是如此，那麼誰也不會記得要把大地送回家。」

「七草呢？」

「妳不在的話，我馬上就會放棄啊。計畫得再擬定得更周詳一點才行。要做危險的事就等其他可能性全都試過一遍以後再做；還有，如果會牽連到其他人，更要慎重考慮。」

真邊勉為其難地點了點頭。

妳這個人大多時候都欠缺考慮——正當我要繼續數落時，班長打斷我說：

「這樣就夠了吧。」得救了，我其實本來就不太擅長說話還有警告他人。

我問班長：

「他們會連絡學校或宿舍方面嗎？」

「我想應該不要緊。雖然被罵了很久，但那也只是制式化的處置，船員似乎也不想把事情鬧大的樣子。」

太好了，看來麻煩事並沒有增加。

「你們跟船上的人談過之後，感覺怎麼樣？」

「有種很像公務員的應對方式。無論真邊同學怎麼說，得到的回應都是『規定上如此，所以不允許』。」

真邊依舊抱著紙箱，直眉瞪眼地看著我。

「是喔。」

「那些人知道這座島的內幕喔，他們知道我們是被強制帶來這裡的。」

「他們看起來就跟普通地工作著的一般人一樣，為什麼卻對這座明顯詭異的島不聞不問呢？」

的確很奇妙。

然而，說起這類不可思議的事，在這座島上隨處可見。這座島似乎被某種強大的力量保護著。階梯島乍看平凡無奇的日常生活，實則受到異常力量的保護。只要能接受島上的生活，那種異常性就不會浮上檯面；但如果嘗試改變什麼東西，就會在各種情況下發現許多破綻。

這讓人聯想到電腦遊戲裡的世界。乍看很祥和的城市，若從現實面去考察的話，就會發現疑點——例如商業活動不可能成立、維持國家所需的人口明顯不足、房屋與居民的數量對不起來等等。階梯島上也存在著同樣令人想不透的事情——不知為何，生活所需的基礎設施都整頓得很好且安定、感覺上貨幣明顯入不敷出卻從未枯竭、即使居民一下子大量增加，居住場所與糧食也不會不足。似乎有人在某處強行讓這些事情合乎道理。

關於船的事也是相同道理——既然島上的物資不足，就從外頭運進來吧。不想讓島上的人民到外面去，那就規定不可以載人吧。有人以這種形式硬性規定，彷彿無視各種現實層面的問題。

——但這樣又如何呢？

無論這些規範有多麼勉強，既然有人在某處幫忙維持平衡，那不就皆大歡喜了嗎？根本沒必要強行去揭穿它的漏洞。無論多麼偏離現實，我們的現實就在階梯島上，只能在這裡生活下去。

「總之先去吃午餐吧。」我說。

「接下來的方針就邊吃飯邊討論。」

實際上，對我來說根本就不存在需要討論的方針。對於真邊由宇，我的方針從一開始就確立了。

我們在食蟻獸食堂享用遲來的午餐。

因為食蟻獸食堂的所在位置離碼頭並不遠，一到星期六總會擠滿許多客人。我們等了二十分鐘左右才入座。有好幾名同校女學生在這間食堂打工，看著同齡女孩穿著圍裙工作的模樣，感覺挺不可思議的。跟在教室裡的時候相比，她們看起來更添了幾分大人樣。擁有工作似乎總會讓人聯想到成熟。

我漫無目的地環顧店內情景，一邊享用糖醋醬炸雞塊定食。真邊和班長有一句沒一句地商量著，但擬定不出任何具體的行動方案。最後得到的結論是——想為這座島帶來什麼改變的話，就只能去找魔女了，但我們卻不得其門而入。

在沉重的氣氛下用完餐，一夥人什麼都還沒決定便走出食堂。

佐佐岡似乎已經厭倦這一連串的調查，也或許是偷渡失敗後遭到斥責一事讓他相當受挫。

「我去朋友家一趟，順便打聽消息。」

他一說完，人就不知跑哪去了。

「不好意思，我也要告辭了。」班長滿臉歉意地說。

「我傍晚左右得去打工。」

因此，下午三點左右，只剩下我和真邊兩人。

「做什麼好呢？」真邊問。

「回宿舍吧，看起來快下雨了。」我回答。

雲層愈來愈厚重，那沉重感甚至讓人覺得這樣還能浮在天空中，實在很不可思議。真邊大概也不知道該如何是好吧，她深深地點點頭跟著我走。

「塗鴉犯是那個叫等等的人嗎？」

「不是。」

「喔，那也得去找犯人才行呢。」

「嗯。」

「要不要去監視階梯？既然兩起塗鴉都是在階梯上，那麼如果還會再發生的話，我想應該也是在階梯上。」

「這提議不錯，晴朗的夜裡還可以順便進行天體觀測。」

「不認真搜尋犯人可不行。」

「當然，不過順便找點樂子也不壞啊。」

「也是。」

真邊的步伐看上去比平常還要稍微沒有精神。她不太會弓著背或讓視線低垂，因此很難察覺，但有時她的確也會意氣消沉，或者感到疲憊、受傷。即使是真邊，毫無進展的現狀也讓她相當苦悶吧。

滴答——一滴水珠落在鼻尖。接著周圍傳來類似白雜訊的聲音，柏油路瞬間變成深黑色。下雨了。

「用跑的。」真邊說道。在她這麼建議的期間，雨勢仍在增強。

我們發現附近有間麵包店，暫且先到它的屋簷下躲雨。麵包店今天似乎沒有營業。因為貨物會在星期六運到港口，所以很多店家都會為了領貨而休息。

雨點雖小，但雨勢卻逐漸增強，就好像島嶼下沉到稀薄的水中。屋簷的遮雨棚響起啪噠啪噠的聲響。

「雨會停嗎？」真邊問。

「不知道，等雨稍微小一點再跑回去應該比較好。」

「好。」

簡短的交談後，彼此陷入一陣沉默。真邊可能有點被雨淋到了，打了個小噴嚏，我本想把外套脫下來借給她，可是我的外套也已經吸了水，感覺沒有多大意義。

仰望天際，雨勢似乎沒有減弱的跡象。

真邊以幾乎要被雨聲淹沒的微小音量說：

「有時我會覺得非常煩躁無力……」

我一聲不吭地聽著她的話語。

「會湧現一種好像在一片漆黑之中尋找東西的感覺。而我想要的東西其實離我很近，只要伸手就能拿到，可我卻偏偏不知道它的位置。如果有顆小燈泡，這份微弱的光亮便可以解決問題，但我就是沒有那關鍵的燈泡。」

她的聲音不帶任何情緒。

這毫無疑問是洩氣話，然而聽起來並沒有那種感覺。應該有人能夠好好聆聽真邊抱怨才對。由我當她的聽眾似乎不太妥當，畢竟這一切聽在我耳裡怎麼樣都不像是洩氣話。

「我不擅長思考，所以那種時候，我都會姑且先抓住身邊的東西再說，結果事後常會感到後悔。」

她並不適合『後悔』這個詞。

「總而言之，看來妳有在好好反省試圖偷渡這件事。」

「果然還是不應該給別人添麻煩，下次見面時，我會好好向他們道歉。」

「嗯，只要妳誠心道歉，那兩個人一定會原諒妳的。」

雨點渲染了周遭的風景，一切聲響都夾雜著噪音，眺望這幅景緻會產生一種現實跟著模糊起來的錯覺。

因為沒有其他事可做，我們難得地聊起往事。我有很多和真邊共同擁有的回憶，多到把一些以為自己不可能忘記的事在從她口中聽到之前都給忘了。

真邊將臉轉向我，微微歪著頭。

「去海邊那次是六年級的時候嗎？」

「應該是五年級吧。六年級的夏天，妳的腳不是骨折嗎？」

我記得她是從樹上摔下來的。我當時沒有在場，所以不知道究竟是什麼原因讓一個小學六年級的女生爬到樹上去。

「是喔。總之海邊附近有家冰淇淋店，對吧？」

「有嗎？」

「有啦。我們有吃啊，味道很濃郁，那是我有生以來吃過最好吃的冰淇淋喔。」

「我不太記得了。」

記得那次在海邊，真邊跟喝醉酒的大學生發生了糾紛，讓我捏了好大一把冷汗。不管冰淇淋有多麼好吃，都沒有遺留在我的記憶中。

「我們約好了啊，要再一起去吃那家冰淇淋。」

「是嗎？」

「嗯。口味有香草、巧克力跟草莓。兩個人的話，總會有一種口味吃不到，所以七草你就說之後再來吧。」

雖然我記不得了，但很輕易就能想像當時的情景。

真邊面對重要的事馬上就能做出決定，但對於一些無關緊要的瑣事卻總是猶豫不決。肯定是看到她一直難以抉擇要挑哪個口味的冰淇淋，所以我才會那樣提議吧。

「不可以忘記約定啊。」

「我會盡可能不忘記的，但如果我真的忘了，妳只要再提醒我就好了。」

對話在此中斷了一會兒，耳邊只聽得見雨聲。那聲音相當大，但卻又薄弱得立即就會從意識間脫落。

真邊沉著聲委婉地說：

「那你還記得國中二年級的夏天，我們訂下的約定嗎？」

換作平時，我一定可以巧妙地迴避掉這個問題。

但不知為何，此時此刻我的心卻不可思議地誠實了起來。雨聲隆隆，如同某種噪音，我並不討厭這聲音。

我搖了搖頭，但這並非表示我忘記了。

「不對喔，真邊。我們並沒有做任何約定。」

要對真邊由宇坦承的話，我只能這麼回答。

＊

真邊由宇會在那個夏天離開的事，我早在兩個月前就聽說了。

所以我的心情並沒有特別動搖。

雖然多少感到有些寂寞。因為長久以來，我的日常生活都繞著她打轉。可是我並沒有想哭的情緒，反而覺得我們的關係即將中斷是很理所當然的發展。

薄雲罩月的夜晚，在附近公園的溜滑梯下方，我們對彼此道「再見」。不知名的夏蟲高聲鳴叫著。

真邊由宇就像個普通女孩子一樣低垂著頭，似乎沉浸在離別的感傷情緒中。我記得她那副模樣令我印象深刻。唯獨在那一刻，她失去了她特有的光芒。

「吶，七草。」她說。

「我可以問你一個問題嗎？」

當時她說出的這句話，一點都不像她會說的話。在問別人問題之前，需要取得對方許可——原來真邊由宇也會有這種觀念，我對此感到十分吃驚。

我點了點頭。

肯定是夏天空氣的緣故，她的聲音聽起來帶點濕熱。

「為什麼你笑了？」

我不懂她的問題——笑了？什麼時候？

「我說要搬家的時候，七草你笑了吧？」

仔細一聽，真邊的聲音微微發顫——一直想問，卻又不敢問。這句話也不像她會說的話。

那已經是兩個月前的事了。老實說我不記得自己那時露出了怎樣的表情，也對自己的心境沒印象。

「我是不是一直在給七草添麻煩呢？」

真邊依然把頭垂得低低地，輕聲說：

「能和你在一起，我覺得很開心，也在很多方面受到你的幫助。不過對你來說，你一直都很困擾嗎？」

我笑了，這次我對此有所自覺。

時至今日才說這種話，讓我聽了不由得笑了出來。

「那是當然的啊。我遇到的問題或煩惱基本上都跟真邊有關，假使沒有妳這個人，我的日常生活會更平靜、安穩，沒什麼特別的起伏吧。」

她落寞地偏著頭問：

「所以你才安心地笑了？」

我搖搖頭。

「我不太記得原因，但應該不是那樣。」

要抹去與真邊由宇的關聯肯定一點都不難，只要開口說清楚就行了——抱歉，和妳在一起已經讓我感到疲累了，雖然對妳有些不好意思，但可不可以就此保持一些距離呢？

那麼一來，真邊可能會受傷；又或者我只是往自己臉上貼金，她也許只會一如往常平淡地回說「我明白了」。不管哪種情形，她從此都不會再與我有所牽扯吧。

但我卻一直和她相處在一起。為什麼？答案顯而易見。

我並不討厭真邊由宇，無論煩惱的事再怎麼增加，無論被捲入什麼麻煩，我都想待在她身邊。

真邊抱著遇上車禍的牛奶奔跑的時候，我不假思索地追在她身後。一直以來，我們的關係都維持在那一刻，實際上是我自願追著她跑，自願攬上各種勞神費心的事。

「那你為什麼笑了？」她問。

「不知道。」我答。

真的不知道，我笑了嗎？就在我知道她就要離開的時候？當時我的心中抱著何種感受？就連我自己都不清楚。

真邊似乎是在強顏歡笑，眉間堆了好幾道皺紋。

「其實我本來並沒有打算說這些，只想若無其事地微笑著說再見，但是總覺得那樣對你並不誠實。」

我倒希望她能笑著說再見就好。

就算『再見』的約定無法實現，終有一天對方會在彼此的心中風化散去，但當下的我不想再費神去思索與她有關的難題。

我突然靈光一閃。

——也許我只是不想悲傷。

我想要盡可能迴避正視與真邊由宇的分離，然後打從心底感到難過。我不太喜歡心裡產生強烈情緒的感覺。

真邊又皺起眉頭。

「也許你很難相信，我自己也不知道為什麼，但我有種想哭的衝動，可是卻哭不出來，你覺得原因是什麼？」

被問到這種問題，我也很困擾，怎麼可能會知道呢？

「並非因為即將和你分離我才覺得難過，雖然那當然也是件難過的事，但卻不是原因。我想我大概遠比想像中還要不瞭解你這個人。」

真邊說：「我不懂你。」

都到了這時候才發現啊。

我們打從一開始就沒有心意互通過，純粹是我單方面追隨著真邊由宇，她從未回顧過我，第一次回頭應該就是現在吧。就在即將從我眼前消失的這一刻，她終於首次凝視著我。

「你說點什麼啊。」

我不想看見她眼角噙淚的臉龐，也不想看見她哭泣的樣子。不管是「不要哭」或是「盡情地哭吧」我都說不出口，只是囁嚅地說：「對不起。」然而我知道，這是最不適合的一句話。

真邊奮力地搖頭。

真邊由宇看上去宛如纖弱月光，像個容易受傷的女孩，但即便如此，她還是真邊由宇，她用泛著水氣的眼眸看著我。唯有那對眼睛還是跟往常一樣，直率得幾乎感受不到現實氣息。

「來訂個約定吧，七草。我們還要在這裡再會。」

「再會？什麼時候？」

「什麼時候都行，下個月也好，一百年後也好。」

「我們能活那麼久嗎？」

「真的什麼時候都無所謂。但是一旦我們再會了，到時候你要告訴我你笑的理由。」

或許我當時只要點個頭就好了。

或者當場編個小謊話，把笑的理由敷衍過去也行，就說「一想到要和妳分隔兩地讓我太難過，反倒強顏歡笑了」之類的。我有自信能騙過真邊由宇。

可是令人費解的是，我並沒有這麼做。

「我不能答應妳。」當我察覺時，這句話已經出口。

真邊微微一笑，不知為何那副神情很不合乎當下的氣氛，她輕聲但愉悅地說：

「不行，我們已經約定好了，我是這麼想的。」

「單方面的約定不能算是約定。」

「即便如此也要約定，我已經這麼認定了。等到有一天你改變主意了，隨時都能變成真正的約定了吧？」

這實在太像真邊由宇會說的話，使我不禁又笑了出來。

「隨便妳，我也隨我高興。」

「嗯，那就這樣。」

再見，七草。真邊說。

再見，真邊。我回答。

那是我們最後一次呼喚對方的名字。

真邊由宇背對著我邁步離開，而我不再追上去。月亮隱身於厚重的雲層下，總覺得世界的溫度突然驟降，正好少了她那一份。

我還是不知道自己當時為什麼笑。

我曾經就這個問題認真思考過幾次，但都沒有得出答案。

那之後過了兩年，她的約定依然沒有成為真正的約定。

*

結果，雨始終沒有停。

見雨勢稍減，我們趁機衝出屋簷，拚命往前跑，到達宿舍時渾身都濕透了。

大概因此累積了不少疲憊吧，一入夜，我馬上便睡著了。

7

星期天，我悠哉地消磨時間直到下午四點左右。

一早我收到了堀寄來的厚重信件。雨仍下個不停，信封有點潮濕。

我躺在床上讀著那封信時，宿舍接到一通找我的電話，是真邊打來的。

「堀同學寄了信給我。」真邊說。

「上頭寫著她想在今天跟我見個面。因為之前就跟七草約好要去魔女那邊，所以我想應該拒絕堀同學才合理。」

我要她把堀的邀約擺在優先順位。因為堀主動邀請某人是件前所未有的事，再加上現在下著雨，在雨中爬那道階梯，直教人提不起勁。

「妳們要在哪裡碰面呢？」我問。

真邊在電話另一頭沉默了一會兒後，冒出一句話：

「告訴你的話，你也會跟來嗎？」

我一時語塞。我以為自己是真邊或者堀的監護人嗎？真白癡。

「我會再聯絡你。如果和堀同學的談話早點結束，今天說不定可以去爬階梯。」

說完，真邊就掛斷電話。

之後我回到自己的房間，把堀寄來的信讀完。長長的文章之中，完全沒有提到真邊的名字，這點讓我有些在意。

突然空閒下來的星期日，讓人覺得時間流逝得很緩慢。為了打發時間，我和大地、佐佐岡輪流玩起黑白棋，中午則吃了春哥煮的咖哩。

我將盤子端到廚房時，春哥說：

「還好有你幫忙陪大地。」

他這麼說其實有點奇怪，畢竟是我擅自將大地帶回宿舍的。

「大地又不是非得由春哥你來照料？」

「是啊，不過我樂在其中喔。」

他轉開水龍頭，讓水傾瀉而出。

「七草，你還記得手搆不著廚房水龍頭那個年紀時的事嗎？」

我搖搖頭，那種事我早就忘了。

「我也是。不過和大地待在一起時，就有種似乎能回想起一點點的感覺。」

原來如此，我點點頭。不過我就算和大地在一起，也不會有那種想法。大概是因為春哥跟大地的關係比較特別吧。

吃完午餐後，我簡單地打掃了一下房間，然後寫了一封信，內容早已擬定好，所以並沒有花掉我太多時間。

下午兩點過後，我撐傘到外頭去寄信。雨點已經小多了，打在鐵皮屋頂上就像稀稀落落的掌聲。

回程的路上，雨停了，於是我把傘收起來。從雲朵間的縫隙窺見到的藍天有如幻覺，那清澈的湛藍彷彿在為剛才的壞天氣找藉口。從民宅庭院探出頭的樹葉上，水珠正以單調的節奏滾落，敲打著腳踏車的坐墊。潮濕的路面反射著光線，把巷子裡的昏暗都趕到屋簷下。我打了一個像青蛙跳般的短促噴嚏，昨天被雨淋過頭了。

我一面在行走時抖落傘面上的水滴，一面思考真邊與堀的事。現在她們應該已經碰面了吧，我不太知道女孩子都是怎麼度過假日的。況且這座島上根本連能夠購物的地方都沒有，更讓人無從想像。不過，就算我擁有這方面的知識，清楚女孩子平常假日都在做什麼，並假設這裡不是階梯島，我仍難以想像那兩個人碰面的情景。

真邊是那種比起可愛連身裙，更喜歡品味奇特的T恤的類型，身上也不穿戴飾品類的東西。比起特定角色的周邊商品，看到功能齊全的文具更容易讓她驚嘆。關於化妝品，我知道的品牌說不定比她還多。她能稱得上女孩子氣的喜好大概就只有愛吃甜食吧。國中時我跟她在假日一起外出了好幾次，發現只要先給她可麗餅之類的食物，就算之後只在公園裡拋拋飛盤，她看起來也很滿足。我經常覺得這樣跟去遛狗差不多。

堀的話我就不太瞭解了，但至少知道她不是那種即使弄得滿身塵土，還能跳著追飛盤追到日落的類型。如果她們可以找出什麼共通點就好了。話說回來，堀曾在信上提到她喜歡雞蛋三明治，真邊也喜歡雞蛋三明治，早知道就在電話中跟她說一聲了。

真邊說過「我會再聯絡你」。既然如此，只要沒出什麼大事，她應該都會聯絡我。我本來是這麼想的……

但她採取了更加直接的行動。

真邊由宇在下午四點來到了三月莊。

＊

女孩子拜訪男生宿舍似乎是件稀奇的事，氣氛一時騷動了起來。

真邊站在玄關，一如往常地，從她的臉上讀不出任何情緒。

「我想和大地兩人單獨說點話。」她說。

春哥允許了，在飯廳裡貼了張公告「本日包場」。佐佐岡吐槽：「那晚餐怎麼辦啊？」

我不知道在公告的另一邊，真邊與大地做了怎樣的交談。門口有幾個閒來沒事的住宿生聚集徘徊，我剛好是其中一人，僅此而已。

過了三十分鐘後，門打開了。飯廳裡的聲音清楚傳了出來。

首先聽到的是哭聲。

大地正放聲大哭。

真邊的表情還是跟來到宿舍時一樣，她說了聲：「打擾了。」

住宿生裡頭沒有人出聲，大家想必都不知所措得只能目送真邊離去的身影。她對眾人的視線絲毫不以為意，逕自筆直地朝玄關走去。

看到春哥向大地走近，我邁步去追真邊。

天空已經開始變暗了。

夾雜橘紅色的天空中飄著幾朵薄雲，看起來沒有要往哪個方向移動。投下影子的樹枝和電線也沒有絲毫晃動。沒有任何動靜、缺少光線的街道宛若一幅畫。置身其中的真邊快步走著，似乎對某件事感到焦躁。

真邊的宿舍就在眼前，但她卻往小巷接上大道的方向前進。這是一段不陡的下坡路，她的前方映出長長的影子。

我一奔近，真邊就停下腳步。她回過頭來，一副若無其事地說：

「怎麼了？」

這是我要說的話吧。

「這一點都不像妳會做的事。」

她微微皺起眉頭，露出一頭霧水的表情，就好像聽到不知名國家的語言一樣困惑。

「為什麼把大地弄哭了？」

「不是我弄哭的呀。」

「那他為什麼會哭？」

「大概是很難過吧。」

「什麼事讓他那麼難過？」

「他的遭遇。」

「但是讓大地說出這些傷心事的人是妳吧？」

真邊注視著我一會兒後，點了點頭。

「嗯，的確，從這個觀點來看，是我把大地弄哭的。」

她似乎事到如今才意識到這一點。真邊由宇時常讓我感到煩躁，構成她的各種要素之中，摻雜了我完全無法理解的成分，那股異物感有時會讓我覺得不快。

「什麼叫做『從這個觀點來看』啊，還能有什麼其他解釋嗎？」

「大地流淚確實是因為我的關係，但打從一開始，那份悲傷就存在於大地的心中，我想就算沒有淚水，他其實也一直在哭泣。」

即便如此——

我的眼皮邊緣輕輕地顫抖著。這是什麼樣的神經聯繫構造呢？我的煩躁似乎反應在眼皮上。

「即便如此，妳為什麼要丟下哭泣的小孩，獨自離開呢？」

真邊由宇弄哭孩子並不讓我覺得意外。

因為她欠缺一部分常識性、人性、情緒性的東西，所以經常會犯下這種失誤。然而，當眼前有小孩在哭泣，照理來說她不會置之不理。現在我肯定是為了她沒有抱住大地而感到煩躁。

真邊似乎察覺到我的不快，但她大概想像不到原因是什麼吧，她偏頭納悶的動作一點都不矯揉造作。

「因為傷心而哭是很天經地義的事啊。」

「妳的話，應該會安慰哭泣的孩子吧？」

「當然。」真邊由宇直直地注視著我的眼睛。

「所以我才必須去那裡。」

「哪裡？」

「魔女的所在地。」

驀地，我領悟到她心中的論點，眼皮的抽搐戛然停止。

真邊說：

「只要握住手就可以讓他的悲傷止息的話，我當然會那麼做；如果買蛋糕給他就能令他破涕為笑，我也會去做。可是因傷心而哭是很理所當然的事，勉強止住淚水沒有任何意義。所以我改變了目的，我要想辦法去解決最根本的問題。」

首先浮現於我心裡的想法是：太好了。

我將堵在喉頭附近的氣息吐了出來。真邊是為了讓大地停止哭泣才走出飯廳。明白這點之後，我便放心了。

「妳要去哪裡？」

「去爬那道階梯啊，我得去見見魔女。」

「天色已經變暗了。」

「我會買手電筒帶去，我知道便利商店有賣。」

我輕輕地嘆了一口氣。

「在那之前，可以先給我三十分鐘嗎？」

我知道想要留住她的話，這種說話方式最有用。

真邊用力地點頭，然後看著我的眼睛。

「為什麼笑了？」

「咦？」

「剛才你笑了吧？」

是嗎？我沒有自覺。

和兩年前分別時的表情一模一樣喔。她說。

我們先走到大道上，然後鑽進狹窄的小巷，前往離宿舍最近的海邊。即使慢慢走也只須十分鐘的路程，在這段期間，我在腦中整理好要跟真邊談的事。

島上因為剛才那陣雨而濕成一片，路面四散的水窪映照著傍晚的天空。不久後我們來到沿海道路，也就是我與真邊由宇重逢的那條路。

我們並排站在被雨淋成深黑色的堤防前，往下俯視，能看到海浪以不規則的律動拍打在堤防上。

夕陽已然落到極低處，下方的天空被染成一片鮮豔的紅色。我覺得紅色是一種人工的顏色，看起來遠比藍色更像人造的。披著晚霞的天空，總覺得很像古時候的人類打造出來的遺跡。

「妳跟堀見過面了？」

「嗯。」

「和她說過話了？」

「嗯。」

「說了什麼呢？」

「大致上是關於你的事，還有大地的事。」

不過兩者都是同樣的話題啦。真邊說。

我和大地的事是怎麼連在一起的呢？無法想像。

「她說了什麼？」

「很多啊。」

很多。我重複了一次。

堀說了很多話，這有點令人難以置信。真邊輕易地就做到我辦不到的事，她讓善於忍耐的大地哭泣，還讓沉默寡言的堀說了很多話。

似乎稍微起風了，真邊的頭髮受其擺弄，描繪出複雜的曲線。

「比如像彈珠。」真邊用沒有抑揚頓挫的平板語調說道。

她的聲音聽起來比在耳邊嘶嘶作響的微風還要安靜。

「把彈珠往天空拋出去，彈珠會因為引力往下掉落，撞到地面發出清脆的聲響，接著稍微反彈，隨意往某個方向滾去。就是這類話題。」

我笑了。

「完全不知所云。」

「我很不擅長比喻嘛。」

「那就不要用比喻，直接跟我說吧。」

「堀同學說，七草本來是七草，而大地則是大地，可是我一出現後就不再是那樣了，她說那是非常危險的事。」

真邊的話果然很難懂。我覺得她應該算是比較偏向理論型的人，但卻不善於理論性地說明事情。

仔細思考過後，我問：

「那是在說決定權嗎？」

「決定權？」

「本來應該由我或大地自己決定的事，卻被妳擅自做了決定。」

她點點頭。

「嗯，彈珠會任意掉落、隨意滾到某處去，我對彈珠沒有決定權。在我放手的那一刻起，一切就已決定好了。」

原來是這個意思啊，這比喻實在讓人難以解讀。

「我明白堀想說的話了。」

那個女孩肯定對這種事很敏感，也就是人際關係中所包含的強制力，所以她才會那麼害怕言語。堀雖然很極端，但我對那份軟弱很有好感。跟真邊這種直來直往的人相比，原本我就比較容易對堀那樣的人格產生共鳴。

真邊以有點像在鬧彆扭的口氣說：

「可是，與人相遇然後改變對方的想法，不是很理所當然的事嗎？如果不想要那樣，就只能隱居在山裡頭不出來，獨自一人活下去了。我不認為每個人都變成那樣是正確的。」

我點了點頭。

「我也明白妳的想法。」

然後我望著她的側臉。

「可是妳有點極端，妳對於正確事物的正確性太過深信不疑了。其他人多少還會懷疑正確的事也許並沒有那麼正確。」

她皺起五官。

「我不懂，七草的話有時候很艱深。」

那也沒辦法。畢竟我們本來就是個別的兩個人，視線的高度有所不同，看到的景色自然也不一樣。在我的視野中理所當然的事，在真邊的視野裡並非理所當然。

「總之妳就是為了這件事來見大地的吧。」

「嗯。」

「妳和大地談了什麼？」

「我盡可能不說話。」

「不說話？」

「我對大地說希望他能告訴我他的事，然後就只是靜候那孩子主動開口。」

「妳認為堀的說法是正確的啊？」

「我想那也許是對的，所以才想知道大地真正的想法。」

「然後呢？」

「大地說了他媽媽的事，然後就哭了。」

我眺望著遠方的大海，那裡一片風平浪靜。日落後變得漆黑的墨色海面，看起來彷彿是用比水還要堅硬的物質做成的東西。就好像廢置於某個遙遠國度的邊境上的荒野，陡然出現在眼前似地。

由。

「大地怕他媽媽嗎？」

大地曾說過不回家也無所謂。除了害怕家人之外，我想像不到還有什麼理由。

但真邊卻搖搖頭。

「不是，大地說他討厭他媽媽。」

我不懂這有什麼差別。討厭也好，害怕也好，不都是指同一件事嗎？就只是表達方式不同而已。

「令大地感到害怕的，是他討厭媽媽這件事。我想應該是他對媽媽抱持厭惡心情這一點，讓他感到很害怕。」

真複雜。

我意識到自己不經意地想把大地單純化，我想必是把小學二年級學生的一般形象套在他身上了。

我無法準確地想像出幼小孩童討厭媽媽的心情。即使能夠理性接受這份心情逐漸膨脹所帶來的恐懼，卻無法具體地實際感受。但是另一方面，我也確實掌握到為何大地會來到這座島的原因了。

「即便如此，妳還是認為大地應該離開這座島嗎？」

我並不知道他至今為止承受過怎樣的經驗，但如果他無可奈何地就是討厭媽媽，那麼讓他回到父母親身邊真的是正確的決定嗎？

真邊點點頭。

「我覺得最後還是應該要回去，但是順序可能要重新考慮一下比較好。」

「順序？」

「我覺得我們應該先離開這座島，然後去跟大地的父母見個面，瞭解一下情況，準備好一個可以讓大地安心回去的環境，再帶他走會比較好。」

「大地有說希望妳這麼做嗎？」

「沒有，不過他哭了。」

「讓他繼續待在這座島上，等到他不再哭泣就好啦。」

「不可以！」

真邊大喊一聲，話語中彷彿帶著驚嘆號。

「我想大地一直都很悲傷，他獨自一人的時候大概都在哭吧。必須有人幫忙解決問題，如果一直待在這座島上，他將無法往前進。」

我下意識地說：

「妳說的前方究竟是指什麼？」

上次打從心底反駁真邊是多久前的事了？我記不太得。

「人生在世，會有難過的事是理所當然的，無法事事如意也是理所當然的。大地因為與媽媽的關係而哭泣，但假使我們握住他的手可以讓他不再掉淚，那我們就該這麼做；如果買蛋糕給他吃可以讓他止住悲傷的話，那樣就足夠了。」

「但是這樣大地無法得到幸福。」

「他的幸福不該由妳來定義。」

真邊由宇夢想中的世界肯定無論何時都是個樂園吧。

然而它位於遙不可及的地方，不一定每個人都能走完那又長又苦的路程。如果在途中找到一個雖非樂園但能令人安歇的地方，又何嘗不能在那裡駐足留下呢？

「大地連撲克牌是什麼都不知道喔，我們一起玩了很多次，他看起來很開心。春哥對大地很好，利用網購買了很多小孩的衣服，都非常適合他，我想他應該很用心地挑選過。大地也很喜歡春哥做的料理，總是吃得乾乾淨淨。」

難道這些全部都沒意義嗎？

都不能算是幸福嗎？

真邊一動也不動地注視著前方。

「但是，大地哭了啊。」

「因為妳讓他提起難過的事啊。」

「不對。雖然也沒錯，但問題不在那裡。打從一開始，大地就很悲傷。」

那不是廢話嗎？

我注視著她的側臉，那是一張會讓人胸口發疼、永遠都很直率的臉，我沒來由地難過了起來。

「吶，真邊。就像人有權利追求幸福，同樣也有權利接納不幸。」

究竟哪裡存在著凡事都稱心如意的人呢？兒時的夢想全都實現的人又在何處？能夠和重要的人長相廝守的生活存在嗎？找得到討厭的事一件都不會發生的地點？真的有既無悲傷又無痛苦的人生？

沒有什麼比『連一次都不允許自己默默接受不幸』還要悲慘的生活態度了。這不是理所當然的事嗎？為何真邊就是不懂呢？

「但是……」真邊由宇說了。

「大地他在哭。」

我緩緩地嘆了口氣。

我早就明白了。

真邊由宇早已打定主意，就算我再多說什麼，也不可能改變她的決定，我早就知道了。

我們打從根本就是矛盾的。

8

我回到宿舍時，大地已經入睡。一定是哭累了吧。

住宿生之中傳出一些對真邊感到不滿的聲音。這也難怪，畢竟她突然來到宿舍，把小孩子弄哭後，又不加以解釋地就拍拍屁股走人。她總是這樣讓自己的立場逐漸惡化下去。

我吃完晚餐後回到房間，稍微睡了一會兒，我想我應該沒有做夢，醒來的時候，時鐘的指針指向凌晨三點左右的位置。

房間的燈還亮著，於是我把它關了。月光從窗口照射進來，眼睛適應之後其實也不至於漆黑到什麼都看不見。我側耳細聽，宿舍很安靜，大家應該都睡了。

我抓起放在床邊的包包，走出房間。我盡可能留神不發出腳步聲，穿過走廊，穿上鞋子，小心翼翼地打開門。

巷子的地面還沒全乾，月光反射其上，隱晦的光芒就像爬蟲類的鱗片般。凌晨三點的階梯島上幾乎聽不到任何聲響，所有屋宅裡的一切照明也都熄滅了。夜風料峭，我抖著身子走到大道上，接著停下腳步。

在安靜的階梯島上，哪怕只有一丁點聲響也能聽得一清二楚。

我當然注意到了從離開宿舍開始就一直跟在我後頭的聲音。回過頭，便發現大地站在那裡。

「怎麼了？」我問。

「因為我看到七草出門。」大地回答。

大概是因為剛才哭累早早便睡著的關係，他才會在這種時間醒來。

被他發現自己的行蹤完全是個意外。

「你要去哪裡呢？」大地問。

「我要去塗鴉。」我回答。

剛剛好。我正想差不多該讓什麼人發現了。

要一起來嗎？我這麼詢問後，大地點點頭。

其實我並沒有拘泥於在階梯上作畫。

只是因為那剛好在上學途中，而且又對這座島具有象徵意義，所以我就選在那裡了。不過其他地點也無所謂，只要夠醒目就行。

今天還有大地在，所以不方便離宿舍太遠。我走到海邊，面向堤防，就著街燈將白色顏料擠入調色盤，拿起畫筆。

要在被打濕的水泥上以水彩顏料畫出工整的線條，是件相當具有難度的事，不過我沒有堅持要畫得多美。

「你在畫什麼呢？」大地問。

「星星和手槍喔。」我回答。

第三次作畫，我已大致掌握到什麼畫法才有效率。我用白色顏料飛快地勾勒出輪廓。

「為什麼是星星和手槍呢？」

「有顆星星叫做手槍星，我很喜歡那顆星星。」

我用畫筆指著夜空一角。

「在射手座的方向，有片手槍星雲，因為形狀像手槍，就被命名為手槍星雲，淺顯易懂。手槍星就在那片星雲之中。」

從階梯島可以看到燦爛的星空。地表愈暗，群星便愈是耀眼。就像我小時候在海邊看到的一樣，並非純黑的群青色夜空，但是我找不到射手座在哪裡。

「手槍星。」大地說。

「嗯。」

「七草為什麼喜歡那顆星星？」

「那顆星星很厲害喔。」

我畫完星星和手槍的輪廓後，接著將黃色顏料擠進調色盤，這是用來畫星星的部分。

「質量是太陽的一百倍以上，半徑約三百倍左右，亮度更厲害喔，比太陽還要亮五、六百萬倍。」

大地歪著頭。

「我沒有看過那種星星。」

「嗯，沒有那麼容易找到喔。」

我至今為止仰望過好幾次夜空，但還是很難找出手槍星。若不是在像午夜階梯島這種光害少的地方，就很難找到那顆星星。

「手槍星是在一九九七年被發現的，當時可是人類發現的星星當中最明亮的一顆喔。跟手槍星比起來，太陽根本就是隨處可見的恆星。」

「恆星？」

「就是可以自己發光的星星。在那之中，手槍星也非常與眾不同，畢竟它可是全銀河最亮的一顆啊。不過因為它位在很遙遠的地方，所以從地球感受不到它的厲害。從地球上看起來是四等星，雖然不至於用肉眼看不見，但並不顯眼。」

大地張口仰望夜空，在這麼漆黑的天空中存在著比太陽還要明亮的星星，這種事很難輕易相信吧，其實我也是。

「雖然距離遙遠，但是有顆亮度令人難以置信的星星，就在我們頭頂上，不覺得很令人興奮嗎？」

所以我要畫出手槍星。因為不知道那顆星星正確的形狀，所以我就畫了星星與手槍的組合。突然，我回想起從中田先生那裡聽來的事——曾經有位男孩待在這座島上。那位男孩在很久以前就畫了跟我的塗鴉相同的畫。也許那只是一個單純的偶然，也或許存在著某種無形的關聯。我不可能理解這世界的完整架構。

明確的就只有眼前的手槍星。

我的手槍星，在黑暗的宇宙中比任何東西都要明亮耀眼的星星。然而那份光芒卻無法傳遞給眾人。

感覺有點悲哀，但手槍星一定不會介意這種事。那顆星星的美麗與高貴肯定無人知曉，就連手槍星自己也不知道，它不引以為傲，也不炫耀，只是大放光芒，比什麼都來得明亮。

「我也可以幫忙嗎？」大地問。

「不行喔，塗鴉是不對的行為。」

「那七草你為什麼在塗鴉呢？」

「因為有件事比不對的行為還要更重要。」

我想保護手槍星。就算那份光芒無法照耀到我身上，我還是希望它能繼續閃耀下去。

「到了早上，你可以幫我跟春哥說嗎？就說七草在半夜溜出來塗鴉。你這樣做，將會幫我一個大忙喔。」

不能老是靠活了一百萬次的貓包庇，而且我有點累了，我想讓各種事都做個了結。

——差不多該向真邊由宇道別了。

安靜且非常隱密地。可以的話，我想用連她都聽不見的聲音說。

我不想被她瞧見自己揮手的身影，那時無論她露出何種表情，我一定都會受傷，我想盡可能避開難過的事。

我把手槍的部分塗黑，然後在圖案旁邊加了一句話。

——「失去的東西」就在你身邊。所謂失去的東西是什麼？

比手槍星還要明亮的月光、比月光還要明亮的路燈，照耀著這段文字。

第三話　不想被瞧見揮手時的身影

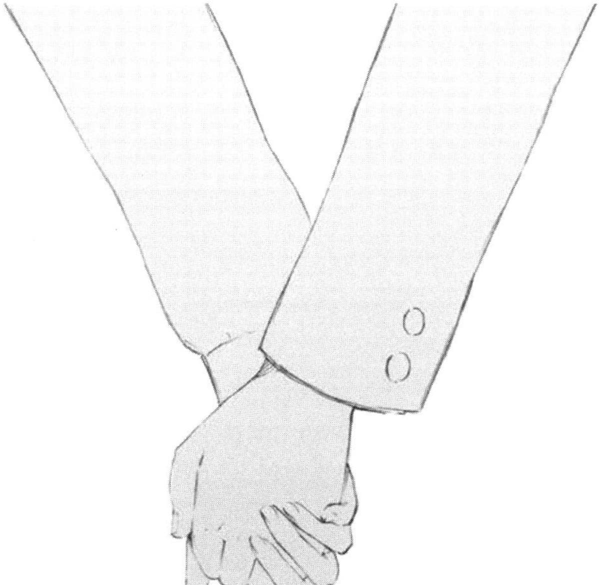

1

星期一早上發生的事之中，對我來說具有重要涵義的有兩件。

第一點是堀不在教室裡。

也許是因為感冒了，也有可能只是因為不想來上學，但我覺得她的缺席跟真邊有關。

昨天堀和真邊兩人單獨見面。聽真邊說，那個沉默寡言的堀說了很多話。真邊常常會毫無自覺地傷害到別人，過度相信正確事物的正確性。如果堀因此受傷，那並不是一件好事。

第二點是真邊在教室裡。

昨天晚上她應該爬上了階梯，與魔女見面，離開這座島，去和大地的家人見面——真邊的這項計畫恐怕從第一步就失敗了。

假如真邊由宇真的無聲無息地從這座島上消失就好了，那會是最好的結果。我可以找回宛如窗邊的觀葉植物般安靜平穩的生活，就只要邊進行光合作用，邊等待澆水的時刻。但事情卻不是那麼一回事，所以我還得暫時承受一些辛苦。

堀不在教室裡、真邊在教室裡，除了這兩件事之外，其他都無所謂。做了令人懷念的夢也好，因為稍微感冒而腦袋有點昏沉也好，或是真正的塗鴉犯身分揭曉也好。

這些全都不重要。

＊

「為什麼要自首呢？」活了一百萬次的貓問。

「不是自首，是被人發現了。」

我倚靠在屋頂的欄杆上，拆開鮪魚三明治的包裝。這鮪魚三明治是我從學校餐廳買來當午餐的，外觀看起來不太可口。

活了一百萬次的貓將番茄汁的吸管湊到嘴邊，微微朝我瞥了一眼。

「你從一開始就打算被發現吧。」

「為什麼這麼說？」

「從第一次就顯而易見了啦。你故意挑了一個絕對會被懷疑的時間點。」

「湊巧啦。我只是什麼也沒考慮。」

「那個塗鴉有什麼含意呢？」

「沒什麼意義，就跟在半夜裡奮力毆打抱枕是一樣道理，偶爾會想要發洩一下情緒嘛。」

活了一百萬次的貓哼笑一聲。

「你可以再誠實點回答我吧？我可是差點就被當成犯人了喔？」

我對這件事深感抱歉。

「可是我覺得我已經盡可能老實地回答你了。」

「你對老師也緘口不提動機吧？」

「一直都待在屋頂上的你為什麼會知道這種事呢？」

「貓很擅長隱身於各種地方。」

「你聽誰說的？」

我本以為活了一百萬次的貓一定會找話隨便蒙混過去，可是他卻老實地回答我。

「真邊由宇。」

「她來過這裡？」

「在第二節課結束後的休息時間。」

「為什麼？」

「不知道啦。看來我們似乎被當成哥兒們了。」

「我還是第一次聽說呢。你們說了什麼？」

「她來問我你為什麼要塗鴉。我回答她我不可能知道，就這樣囉。」

「是喔。」

我終於咬了一口鮪魚三明治。活了一百萬次的貓把雪球餅乾丟進嘴裡，那看起來似乎跟番茄汁的味道不太搭，不過每個人各有所好。

「那你為什麼要塗鴉呢？」

「你意外地很纏人呢。」

「看推理小說的時候，我最在意的就是動機，犯罪動機最具影響力。只要動機能夠讓人接受，犯人或密室，甚至詭計都只要跑跑龍套就行了。」

「動機啊。」我嘆了口氣。

有些事無法具體說明，就像雲的形狀、初戀的理由、微碳酸飲料喝起來的感覺。但是我確實給活了一百萬次的貓添了麻煩，所以我盡可能回答他。

「說得誇張一點的話，是因為我想要保護手槍星。」

「手槍星？」

「嗯。」

「它位在距離地球很遠的地方，實際上是顆非常巨大的星星。」

「對啊，比太陽還要大。」

「手槍星上存在著什麼危機？」

「手槍星必須一直高掛在遙遠的天邊，不可以被丟進階梯下的垃圾桶裡。」

「你畫塗鴉就能保護得了手槍星嗎？」

「誰知道呢，我也不確定。」

真的不知道。

即使如此我仍不能袖手旁觀。過度的悲觀主義者等同於過度的樂觀主義者，既然做什麼都沒有意義，我決定把我認為最具有價值的結局當作目標。從我與真邊由宇重逢的那天早上起，我就如此決定了。

活了一百萬次的貓把臉轉向我。就像真正的貓，用毫不動搖的眼神觀察我。

「我似乎隱約明白你的目的了。」

我並不想聽他的推理，不管他猜對或猜錯都無所謂。

「這次害你無端捲進這灘渾水，我必須好好向你道歉。」

對不起。

關於這次的事，我必須跟許多人道歉。匿名老師沒怎麼斥責我，只是很有耐心地問我為什麼要做這種事。責備我的人反倒是班長。佐佐岡則對我說：「你也邀我一下嘛。」

包含活了一百萬次的貓在內的四個人，我想竭盡所能地鄭重對他們道歉。但是鄭重道歉比想像中還要難，因為我不太懂如何把感情注入言語中。

「只不過是塗鴉而已嘛。」活了一百萬次的貓說。

「不管是誰，就算是我，偶爾也會想任性一下，在活著時給這個世界添些麻煩。單純只是你這次的任性有些明顯罷了。」

「是這樣嗎？」

「對啊，貓可是任性的專家喔。」

即便如此，塗鴉還是不對的行為。這跟人類只要活著，就會在無可奈何下替周圍帶來麻煩是不一樣的。

而且我還有其他不得不道歉的事。

「對於給你添麻煩，我覺得很不好意思，真的。但是我一點都不後悔。」

就算時間可以重來一次，我肯定還是會畫下塗鴉。就算我知道活了一百萬次的貓可能被懷疑是犯人，我也不會改變任何行動。

「我差不多該走了。」

我從他身邊站了起來。

「我會祈禱你能夠一直不後悔地過下去。」活了一百萬次的貓說。

「謝謝。」我回答。

活了一百萬次的貓是好人，我很喜歡他。但即使如此，無論會給他帶來多少麻煩，我都有想守護的東西。

從很久以前，我就有一樣絕對不能放棄的東西。

*

放學後我被真邊叫住。

「有件事希望你回答我。」她說。

今天還沒真正跟真邊交談過。

我搖搖頭。

「抱歉，我趕時間。」

「你要去哪裡？」

「去探望堀。」

「我可以跟去嗎？」

「不，我一個人去比較好。」

帶著真邊一起去的話，問題似乎會變得更複雜。而且現在我並不太想跟她在一起。

真邊看似還有話想說，卻很難得地欲言又止，一副找不到合適的話來表達的樣子。

或許就這麼離去比較好，但我還是開口說：

「堀很不善於表達。」

「嗯，似乎是這樣呢。」

「她不擅長的程度，是妳和我都無法想像的。」

北極熊有北極熊的難處、深海魚有深海魚的苦衷，堀的難題也只屬於她，周圍的人不容置喙。

「妳有什麼話想託我帶給她嗎？」

真邊無言地思考了一會兒，然後表示：

「我聽說記住很多小知識的話，日常對話就會變得比較容易。」

她總是正確的，但這並不代表她能理解問題的本質。

這一次我轉過了身，背對真邊，快步走出教室。

＊

與堀相遇大概是在三個月前。

也就是我來到階梯島的那天——與其說是來到，感覺更像是被人丟進這座島。

印象中最初看到的景色是海。那是片未曾見過的狹小海灘，八月的太陽毫不留情地暴露在藍天上，烤炙白色的沙。

當下，我自然無法理解為何眼前會出現一片大海，畢竟前一刻我明明還在住家附近的公園裡走著。可是環顧四周，仰望天空，這裡毫無疑問是片沙灘。風把海潮特有的鹹濕氣味送進鼻腔，波浪反覆重重拍打沙岸發出確實的聲響。

我出神地眺望著地平線好一陣子，又或者我其實什麼都沒在看，只是感到一陣混亂。雖然心裡有些不安，但就連那份不安都很模糊，未使我產生想要大喊或大哭的情緒。

一會兒過後，我總算想到該掌握自己的所在位置。我把手伸進口袋裡，打算拿出智慧型手機，可是卻發現裡頭什麼也沒有，最後只在另一邊的口袋裡找到一個扁扁的錢包。我身上穿的是夏天的輕鬆打扮，除此之外沒有更多的口袋了。

雖說如此，知道錢包在身上，多少讓我安心了一些。總之先回家再說，雖然不知道這裡是什麼地方，但只要走到車站就總會有辦法吧，打定主意後我便轉身想要離開。

海灘上沒看到腳印，海岸被堅硬裸露的岩崖包圍著，角落有道水泥砌成的階梯，階梯前有個女孩佇立著。那女孩的年紀跟我差不多，個子很高，眼神不太和善。

我朝她走近，帶著高溫的沙粒在鞋底下不穩地潰散開來。

「不好意思，我好像迷路了。」

她看起來依稀有點不高興，另外也有種難過的感覺，大概是因為她的左眼下有顆淚痣吧。

不管怎樣，她看起來都不太和藹可親，所以我盡可能露出禮貌的微笑開口。

「請問這裡是什麼地方？」

她什麼也沒回答。如果她就此離開的話，我也能放棄詢問，但她卻目不轉睛地盯著我。好吧，現在究竟該怎麼辦呢？

「我真的不知道這裡是什麼地方，完全沒個頭緒，正覺得束手無策。妳知道這附近有車站嗎？就算是公車站也行。」

女孩緩緩地啟齒。

「你叫什麼名字？」

那是一種尖銳得詭異又不安定的聲音。

為什麼問路的我反而被人問叫什麼名字？搞不懂這段對話的相關性，但無可奈何下，我還是回答了。

「我叫七草。」

女孩再度陷入沉默。

我繼續把想到的話說下去。

「就是七草粥的七草。雖然我覺得這是個奇怪的姓氏，但因為也不算難唸，所以並沒有什麼不滿。而且託這個姓氏的福，我從國小的時候就默記了七草有哪些。妳知道嗎？除了春天的七草之外，還有夏天跟秋天的七草喔，不過就我所知，冬天的七草並不存在，感覺冬天有點可憐呢。」

然後我一一列舉出水芹、薺菜、鼠麴草、繁縷、寶蓋草、蕪菁、蘿蔔，感覺像在唸咒語。

當我接著要背誦起夏天的七草時，女孩皺眉開口說：

「抱歉，我、不善言辭。」

原來如此。

因為不善言辭，所以不太說話，非常簡單易懂。

「我明白了。拿妳不擅長的事拜託妳，真的很抱歉。慢慢來也沒關係，妳可以告訴我這裡是哪裡嗎？」

我靜靜地等她開口。

不發一語地對望感覺有點尷尬，於是我便在途中加了句：「如果妳無論如何都不想開口的話，只要搖搖頭，我就會到別的地方去。」

她沒有搖頭。

而是用一種宛如樹葉飄落的速度，緩緩說道：

「這裡是被丟棄的人的島嶼。想離開這座島，七草……就必須找出……失去的東西。」

感覺好像童話中的一個章節——半夜玩具兵會突然動起來，森林深處裡住著邪惡的魔法師和烏鴉們，而我則誤入了被丟棄的人的島。然後如果要離開這座島就得找出失去的東西，一定就像吉吉兒與米吉兒尋找青鳥那樣。

因為這番話太偏離現實，所以我認定這名少女的想像力非常豐富。在面對一臉正經地說著幽靈或外星人的同學時，有個管用的方法——

我堆起笑容回答她：

「原來如此，謝謝妳。」

她搖了搖頭。

「這是、真的。」

至少她不善言辭這件事是不容置疑的事實。她的表情滿是悲戚，眼底含著淚水。

就算如此，這仍不構成使我相信她話的理由，然而——

——即使被騙，又有什麼關係。

我覺得自己不太輕易相信別人，但相對地我很擅長放棄。只要一開始就做好被騙的準備，那我就能裝出什麼都相信的模樣。

「我懂了。這裡是被丟棄的人的島嶼，不找出失去的東西，我就回不了家。」

試著說出口後，我吃了一驚。

這句話太過自然了。就像蘋果從樹上掉下來、一到冬天氣溫就會下降般理所當然。

但是女孩搖了搖頭。

「不是你，是七草。」

又來了，莫名其妙。

「我就是七草啊。」

女孩點頭同意。

「不說出名字就不行嗎？」

女孩再度點頭。

「為什麼？」

她歪著頭說：

「我不知道，不過規定是這樣的。」

規定是怎麼回事？果然莫名其妙。

「那是誰決定的呢？」

她什麼都沒有回答。

我再次微笑。

「總之很謝謝妳告訴我這些，老實說我完全不知道該怎麼辦，但我會先在周圍繞一繞。」

她搖了搖頭。

這反應讓我感到意外。我不明白她在否定什麼，就連那是否真的代表否定也不知道。

她說：

「我也、剛到這裡不久。我帶你去找清楚詳情的人。」

然後她低下頭，補了一句：「如果你方便的話。」

這就是我和堀的相遇。

堀帶著我前往學校，去見了匿名老師。明明正值暑假，老師卻還是待在教職員室。

在抵達學校之前，印象中我們幾乎沒有交談，只有我對映入眼簾的東西，有一句沒一句地發表感想。

平常的堀十分沉默寡言、在那片海岸上跟我說話對她來說有多麼勉強，我沒花上太多時間就理解到這些事。

我曾經問過她：

「為什麼當時願意跟我說話呢？」

她只是困窘地笑了，沒有做出回答，週末收到的信裡頭也沒有提及這件事。想必答案單純到根本無須說出口，因為她是一個善良的人。我雖然不輕易相信他人，但還是相信堀的善良。即使被騙也無妨。

我認為真邊由宇與堀的善良屬於完全不同的性質。

說起來，我比較能對堀的善良產生共鳴。

我不知道昨天她們之間進行了怎樣的對話，但那兩個人會相互排斥是極其自然的事。儘管如此，堀還是選擇去找真邊談話，就像在那片海岸與我說話一樣，無論這對她而言是多麼痛苦的一件事。

所以如果她受了傷，我不想就這麼放著不管。

2

在離開教室一個小時之後，我終於開始前往堀居住的宿舍。

這一個小時內，我去了趟圖書室，寫了封信。我想既然有事想傳達給不善言辭的堀，那麼比起口頭表達，還是用書信的方式比較好，況且女生宿舍也禁止男學生進入。

但是寫這封信卻讓我大費心思。如果是那些沒必要說出口的話，我可以輕易地一句接著一句寫下——身體還好嗎？最近天氣變得相當地冷，早晚請留意別著涼了，保重身體。

然而一旦要提到真邊的事，文字就從我的腦海中消失了。感覺各種單字都不合適，所以我還特地拿來字典翻查了好多次。

把好不容易寫好的信放進書包、踏出校園時，太陽已經要下山了。我跨越伸長的影子，走到書店，買了一本文庫本。那本小說描寫的是一位熱愛電影的平凡男性的日常生活。

我大概一年前讀過這本小說。是一本既沒有什麼戲劇性發展，也無讓人心神不寧的戀愛情節的小說。老實說大部分的故事我都忘光了，但是我還記得這本小說從頭到尾讀來都讓人心情愉悅。我想既然是要帶去探望人，比起懸疑或者推理小說，這種讓人心情愉悅的故事更合適。

我請店員幫我把它包裝在送禮用的漂亮深綠色紙袋裡以後，前往堀所住的學生宿舍。我是第一次拜訪她的宿舍，只知道大概的位置和宿舍名，還好最後順利到達了。

那是一棟以磚瓦砌成，似乎會在童話故事中登場的雅緻建築。褪色後色調轉為柔和的金漆門牌上寫著『搖籃之家』。

我按下門旁邊的門鈴，立刻傳來長而尖銳的鈴聲，不久後門打開了，一名年約三十中旬的女性露出臉來。雖然嘴巴比平均大小還要大了一點，不過是個五官漂亮的女性。

「我是堀的朋友，我來探望她。」我說明自己的來意。

那名女性笑著說：「是嗎？那就請進吧。」替我打開了門。我沒想到對方會這麼乾脆就放我入內，對此稍微感到吃驚。

「我聽說這裡禁止男性進入。」

「凡事都有例外，像修理漏水的工人啊，聖誕老人啊，還有來探訪蹺課女孩的男孩子。」

這個人說話就像春哥一樣，該不會這種個性的人很適合舍監這個職業？

這下我也不好說出「沒關係，我放下信和書就離開」，順從地走進了搖籃之家。

「堀不是因為生病嗎？」

「是啊。」

「妳知道她為什麼向學校請假嗎？」

「你覺得那孩子會跟我說這些嗎？」

「其實我也覺得很不可思議，不知道她是怎麼跟學校通知缺席的。」

我在玄關脫下鞋子，踏上走廊，聞到了甜甜的香氣，那是有別於點心和水果的香味。藉此我再次認知到這裡是女生宿舍。

「那孩子的房間是二〇一號房，就在二樓第一間。」

「謝謝。」

我向舍監低頭致意，走上又窄又陡的樓梯。某處傳來女孩子的說話聲，透過牆壁聽起來很微弱，聽不清楚在說些什麼，只有偶爾夾雜其中的笑聲鮮明無比。

我站在掛著二〇一牌子的房門前，敲了敲門。

沒有回應。我望著乏味的木門發呆，這時門把默默地轉動了。

從門縫中探出頭來的堀發出微弱的哀號，一種近似「哈」與「嘿」融合在一起的奇妙哀號。她穿著純樸的運動服，看起來比在學校的時候還要年幼了幾分。

我對她微笑道：

「抱歉，突然跑來。這是慰問品。」

我把書店的紙袋交給她，她接下後困擾地皺起眉頭。也許空手過來對她來說比較輕鬆。

「我有話想跟妳說，方便嗎？」

堀以緩慢的動作一點一點地拉開門，我穿過縫隙，走進她的房間。裡頭有幾個玩偶、牆上裝飾著兩幅已經完成的拼圖、窗邊有棵拇指大小的仙人掌、床上的毛毯有點亂。除此之外，在這間六張榻榻米大小的房間內，沒有其他稱得上是特色的東西。

堀指了指書桌前的椅子，應該是示意我坐那裡吧，於是我在椅子上坐了下來。

她依舊站在門口，目不轉睛地注視著我，一臉不可思議，就好像在水族館裡發現了在游泳的長頸鹿一般。

「身體怎麼樣？」我問。

她沒有回答。

「為什麼今天向學校請假了呢？」

她果然還是沒有回答。

問太多問題也只會讓堀感到困擾吧。我思索著別的話題，不過怎麼樣都找不著，明明剛剛才在圖書館裡歸納好自己要說的話而已。

當我猶豫著該怎麼開口時，堀轉過身去，一言不發地走出房間。

我沒能叫住她，沉默寡言的她所採取的行動往往出人意表。門關上時發出了輕微的聲響，停留在耳畔遲遲不散。

——這下傷腦筋了。

對不善交談的堀而言，訪客突然到來應該不是她樂見的情況。我當初還是應該只把信託付給舍監就好。但至少她允許我進到房間，還讓我坐在椅子上，我也不願就這麼空手回去。

正當我這麼煩惱時，門再度開啟了。

堀拿著兩個茶杯，將其中一個放到書桌上，輕聲說：「請用。」

我坦率地笑了，回了句「謝謝」。她點點頭坐到床上。

我就著茶杯杯緣啜了一口，紅茶淡淡的甘甜在嘴裡擴散開來。堀彷彿在觀察我的一舉一動，目不轉睛地看著我。我把茶杯放回書桌上，再度露出微笑說：

「很好喝喔。」盡可能表現出誠意。

看到她也微微地笑了，令我感到安心。

接下來終於要進入正題。

「要是我猜錯的話，請別介意。妳之所以向學校請假是因為真邊嗎？」

一如往常，她既不肯定也不否定。

沒有回應的對話就好像在黑暗中找東西。我想起真邊曾經說過類似的譬喻。但我很習慣黑暗，所以不論何時手槍星幾乎都不會照耀我。

「我想真邊一定又說了什麼過分的話吧，也許我應該把她帶來向妳道歉才對，不過那是件相當困難的事，因為真邊在傷害別人時往往都毫無自覺。」

至今為止發生過好幾次。

真邊由宇不管對誰都不溫柔，言行舉止中沒有顧慮——又或許她本人其實有心要顧慮，但總是無法切中核心。就某方面來說，她太堅強了，所以無法設想弱者的心情。

「妳如果真的很氣真邊，氣到無法原諒她，或者討厭她到連臉都不想見到，我希望妳能如實告訴我。雖然我無法為妳做些什麼，但說出來說不定能讓心情舒坦一些。而且關於她的壞話，不論多少我都說得出來，我想肯定有很多地方跟妳有所共鳴。」

真的。關於真邊的壞話，不管多少我都說得出來，甚至要我每個禮拜舉辦一場發表真邊由宇壞話的會議也行。如果這麼做能夠稍微排解他人對真邊的憤恨，總比讓真邊自己在人際關係中惹出糾紛來得好。

可是堀搖搖頭。

我不清楚她究竟在否定什麼。

我繼續說：

「今天是真邊來到這座島上的第五天，我這五天內一直在試著把真邊趕出這裡。」

這是我唯一的願望。只要真邊從這座島上消失就行了，其他事我都不管。

「雖然很難，但我還是想盡可能去試。順利的話，也許妳很快就能找回平穩的生活，畢竟只要她消失在這座島上，很多問題就能迎刃而解。」

堀又搖了搖頭。

到底是什麼意思呢？

「妳向學校請假不是因為真邊的關係嗎？」

這一次她點頭了。

然後堀以帶著苦惱的嘶啞聲音說：

「我是不想跟七草同學見面。」

「我？」

我有點混亂。

難道我在不知情之下傷害了堀嗎？就算試著回想也完全沒有頭緒，真是的，這下我就沒資格批評真邊了。

「方便告訴我原因嗎？」

堀輕輕地點頭。

可是她遲遲沒有打算開口，我漫無目的地盯著從她茶杯裡冒出的白煙。白煙像是融化一般，消失在染上夕陽餘暉的赤紅空氣中。

終於，堀開口了。

「因為我和真邊同學談了七草同學的事。明明並不瞭解實情，卻擅自這麼做，我想這樣不太好。」

堀說的話很難懂，讓我抓不太到主題。感覺就好像眼睛盯著樂譜，但其實並不認識音符代表的意義，連旋律都想像不出來，然而其中肯定存在著某種規律。

「我的事？」

「關於七草同學的心情。」

「妳們其實並不太瞭解，卻談論起我的心情？」

「是。」

「我的心情是指？」

「像真邊同學正在給你添麻煩之類的。」

「意思是，妳想像著我的心情，幫我出頭了？」

「是。」

「然後現在妳正為這件事感到後悔？」

堀深深地點了頭。

「我本來想趕快道歉的，但覺得很難為情。」

她低下頭說了聲對不起。

「這種事需要那麼在意嗎？」

她神情嚴肅，一動也不動地盯著我。

「我認為擅自解讀別人的心情並加以談論是很不好的行為，非常不好，那不是我該插嘴的事。」

我不禁笑了出來。

真是意外，原來堀和真邊很相似。兩個人都在自己的心中有著一套頑固的準則，極端厭惡超出準則的事情。差異只在於她們的準則完全不同，但態度卻是共通的。

我想要告訴她不用在意也沒關係，但又發覺這樣做似乎不妥。堀想對什麼背負罪惡感，這種事由她自己決定就好了。

「我不在意喔。既然真邊沒有給妳添麻煩，那就沒事了。」

真邊很遲鈍，就算她已經深深傷害到某人，這件事還是不會出現在她的想像之中。然而，一旦她得知有這麼一回事，也不難想像她會露出意志消沉的模樣。

我想盡可能不看到真邊消沉的模樣。

堀微微歪著頭。

「七草同學是……」

「嗯？」

「為了真邊同學而來見我的嗎？」

「並不是。」

完全不是這樣。至今為止，我不曾有過為了真邊而打算做點什麼的想法。

「採集沙金進行煉製、切割岩石找出鑽石等行為，全都是為了自己吧？不可能是為黃金或鑽石著想才這麼做的。兩者是一樣道理。」

我單純是為了自己的欲望，才跟真邊由宇扯上關係，其中並無關她的利益。

堀低頭盯著自己手邊的茶杯。

「我想是我誤會了。我以為真邊同學認為把七草同學牽扯進去是理所當然的事，而覺得這樣不太好。」

看在旁人眼中也許確實是那樣。

小學時期，每當真邊引起問題而被叫到教職員室時，我總是被交代同樣的一番話——不可以老是乖乖聽從真邊同學說的話喔，不願意的時候就要勇敢說不。

然而，事實並非如此。

「是我自己選擇跟真邊走在一起的，她沒有強制我，只是邀請我而已。她有邀請的權利，我也有拒絕的權利。」

她總是非常公平，因為過於理所當然地表現出公平，所以有時看起來反而好像很不公平。

「原來如此，抱歉。」

堀慢慢地將手中的茶杯送到嘴邊。

我也拿起茶杯，喝了一小口，等我把茶杯放回書桌後，堀才開口：

「七草同學為什麼會跟真邊同學走在一起呢？」

我在上星期五也被問過類似的問題。

那時候我沒有做任何回答，因為那是個很難回答清楚的問題。

「那是非常私人的原因，我想妳聽了也會覺得很無趣。」

堀搖搖頭。

「如果你不介意的話，請告訴我。」

真要說的話，我介意。這是非常偏向感情上的事，我不覺得感情這種事能夠用言語來闡述。將一百萬種喜悅都用喜悅這個字眼來表達，一百萬種悲傷都說成悲傷，這樣有什麼意義呢？堀應該最清楚語言的不完整，若非如此，她也不會那麼恐懼說話。

但既然堀想知道答案，要我說也無妨，我早就習慣接受不情願的事了。

「會跟真邊來往並沒有什麼特別的理由，沒有人強迫我，我也沒有被扣上手銬，更不是什麼命運之類的因素。只是一些小小的偶然讓我們相遇、曾經分開，然後現在又重逢而已。」

堀點點頭。

我接著說：

「這世上有些東西沒有湊成一對就沒有意義。像鞋子只有一隻的話就派不上用場；少了球的話手套就沒有用途；只有一台無線電，就等同是在朝著無底洞叫喊。可是我和真邊的關係並不是那樣，沒辦法用簡單易懂的道理來解釋。」

如果我和真邊剛好是左右腳的鞋子，那事情就簡單多了，只要思考如何互相協調就好。但我們是不同的兩個人，就算獨自一人也能活得好好的，所以不得不去考慮更複雜的問題。

「這兩年，我和真邊各自生活在完全不同的場所，而這段期間我沒想過要見她，只要她能在遠處好好地過日子就夠了，我並沒有想要跟真邊在一起。」

相隔兩地最好，遠到看不見彼此的身影，遠到像星星與星星之間的距離。

「堀，妳聽過手槍星嗎？」

她搖搖頭。

於是我對她說明手槍星，就像我昨天深夜裡跟大地說的一樣——那是一顆巨大的星星，人類在二十世紀末發現它時，手槍星是銀河中最大的星星，但是因為距離地球相當遙遠，所以映在我們眼中的光芒微乎其微。手槍星很不起眼，但它強烈地、高貴地綻放光輝。我很喜歡手槍星的光芒，就算這道光不曾照亮我的黑暗。

說起來這就是我對真邊的所有感覺。

「我並非想要待在真邊身旁，只希望她能夠一直維持她原本的樣子。只要像個傻瓜一樣勇往直前、像道強烈光芒一樣繼續追逐理想的她，還存在於這世界的某個地方就夠了。」

我和她完全不一樣。

想法也好，生活態度也好，都不一樣。她的理想並非我的理想，我壓根兒就沒有想過要像真邊由宇那樣活著。

儘管如此，真邊由宇仍是我的英雄。

在我眼裡她是最美麗的事物。

我不想看到她沾上髒污。只要能夠讓她保持那份美麗，我願意付出任何犧牲。

就算個性完全不一樣，理想格格不入，真邊由宇還是比什麼都令人憐愛。

我這樣肯定很矛盾吧，不然要怎麼辦呢？她因為追逐著理想而美麗，但這份理想卻會傷害她，為了保護持續追逐理想的她，我有時會否定這份理想。

對我來說，真邊由宇的理想並不重要，我也不在乎她的目標在哪。

她那朝著某一點勇往直前的身影，就是我的全部。

「要是真邊能到一個我看不到的地方，那就再好不過了。把美麗的回憶掛在牆上裝飾就足以讓我活下去。可結果我們卻在這座狹窄的島上重逢了，這不是讓我很沒轍嗎？只要真邊由宇在附近，我的目光無論如何都會追著她跑。」

所以，我束手無策。

冗長的解釋結束後，我告訴了堀一個簡單的結論。

「我一點都不想看到她出現什麼缺陷，無論如何就是不希望。」

這是非常感情上的話題，果然無法客觀地去解釋。

堀緩緩地點頭。

然後開口說：

「你喜歡真邊同學啊。」

肯定不是。

我對她的感情並不是用愛情、戀愛這種美好而簡單的詞語就能替換的，那是更複雜、不透明且單方面的感覺。

不過，我說了謊：

「大概就是這麼一回事吧。」

我為了結束話題而撒了謊。

但一把話說出口之後，連我自己都不明白那究竟是不是謊話了。

戀愛是否為美好的事物，我並不知道。

*

走出搖籃之家後，我穿越窄巷走到主要大道上。

巨大的雲層橫亙在日落時分的天空上，深藍色的雲朵帶著一絲灰，看起來相當沉重，沒有從天落下真教人感到不可思議。

這片雲將天空的顏色一分為二，雲層下方透出的天空是濕潤的紅色，雲層上方則是飄然的藍色，兩者看起來不像是同一片天空，彷彿同時間看到了兩個屬於完全不同的世界的天空。

我走在主要大道上，街燈已經點亮，但看不清楚與我擦肩而過的人的臉龐，光線不夠充足，景色顯得模模糊糊。

我思考著真邊由宇的事，無論何時我總想著她的事，就算她的理想與我的理想不同，我還是想要保護她一直追逐理想的身影。我放棄了其他一切，唯有一點從不放棄。

昏暗的前方射來兩道並列且刺眼的光，來自野中先生的計程車。在這座島上，汽車的頭燈比什麼都醒目。

我停下腳步，揚起手。

野中先生彷彿下沉般地減低速度，車子停下時，後座的門剛好在我身旁的位置。

我一面坐上去，一面告知：

「到失物招領處。」

門關上後，野中先生問：

「你找到失去的東西了？」

我點點頭。

「我從一開始就知道答案了。」

計程車駛動。

3

海邊的燈塔一如往常把光投射到島外，強烈的光芒因夜空與海而顯得朦朧，看起來就像孤獨的光芒。

從車內就可以看到燈塔前站著一名留著長髮的女性，她穿著粗呢連帽外套。是時任小姐。

計程車就停在她旁邊，付了起跳價後，我下了車。

時任小姐望著我，雙手還插在粗呢連帽外套的口袋裡頭。

「嗨，小七。」

我回她一聲晚安，可以聽到身後計程車的引擎聲正逐漸遠去。

時任小姐稍微低著頭說：

「今晚好冷啊，每天晚上都在變冷。」

「那妳待在郵局裡頭不就好了。」

「我剛送完信件，不知為何心血來潮地想仰望一下這座燈塔。」

「為什麼？」

「不知道啦，高的東西任誰都想仰望吧。」

時任小姐就像隻膽小的烏龜縮著脖子，視線朝向燈塔最高的地方──像頂貝雷帽般的屋頂，孤單地待在巨大的燈火上頭。

「時任小姐，妳想負責失物招領的人真的在這裡面嗎？」

「誰知道呢？我希望不在。」

「為什麼？」

「那是當然的啊。沒有點燈，也不發出聲響，簡直就像石頭下的昆蟲一樣，一個人生活在這種地方，誰會開心啊？」

時任小姐呼出白色的氣息，緊盯著燈塔。

「那魔女呢？」

「嗯？」

「一個人生活在山上的魔女，妳又怎麼看呢？」

「啊，兩者的確很像呢。」

來到階梯島，知道魔女的存在時，我首先感受到的是一種悲劇性。要是換個象徵，把她想成是從山上俯視整座島的絕對權力者，那的確跟可憐八竿子打不著。儘管如此，若是真的有人獨自一人、從不露面，一直守護著這座島的安穩，我會很同情那樣的生活。所以我才登上階梯，想要跟魔女見面，聽聽她說話。

「對了，我寄了信給魔女。」

信。

星期五和星期日，我寫了兩封內容幾乎完全一樣的信給魔女，但還沒收到回信。

「妳幫我送出去了嗎？」

「當然。」

「魔女真的在山上嗎？」

「大概吧，雖然我沒有見過她。」

「可以的話，我希望魔女住在鎮上。」

既然是無人知曉真面目的魔女，不管她待在哪裡都一樣。只需要假裝成一般的居民，過著平穩的日常生活。她又不是電腦遊戲中的魔王，沒必要特意隱藏在迷宮最深處，也不需要害怕拿著聖劍的勇者。

時任小姐點點頭。

「燈塔裡頭跟山上，如果都空無一人就好了。」

「是啊。」

「垃圾桶裡面還是空無一物最好。」

「說得對。」

「不過，不管怎樣，只有那道階梯不是空無一物喔，從學校後頭通往山頂的那道階梯。」

「什麼意思？」

「意思是想知道這座島的事，就只有登上階梯這個方法。」

從她的聲音中感覺得到一種接近確信的東西，冷靜、安定，又有點悲傷。

「我曾經試著爬上去一次。」

「結果怎樣了？」

「沒有到達山頂。」

「是嗎？」

「為什麼會那樣呢？」

時任小姐笑了。

「我怎麼會知道。那裡是個非常隱私的地方。」

時任小姐打著寒顫，背對燈塔，朝著旁邊的郵局慢慢走去。

「對誰而言都是個非常隱私的地方喔，就像在床鋪上、睡夢中，沉浸於回憶裡頭一樣。所以我不知道小七的階梯是什麼樣子，小七也不知道我的階梯。」

不可思議的一段話，但隱約能夠理解。

那裡非常孤獨，只能一個人不停地爬上狹窄的階梯。看不到頂點，即使只有一條路也還是會不知道自己身在何處。那是任何東西都無法相對化的孤單地方。

時任小姐將手放在郵局門把上，轉過頭來看我。

「要到裡面喝杯熱牛奶嗎？」

「不了。」

我並不是為了找時任小姐才到這裡來。

她笑著，把視線朝向道路另一端。

「現在的確不是喝茶聊天的時候。」

我把目光移往和時任小姐一樣的方向。

有個女孩從道路的彼端跑了過來。她的兩手用力擺動，披頭散髮，儘管有段距離，還是能聽到她喧騰的腳步聲；就算在薄暮之中，她的身影依舊鮮明耀眼。比計程車的頭燈還更加具有特色，讓人無法移開視線。

「那再見囉。」時任小姐說。

聽到關門的聲音，我知道她走進郵局了，但我沒有往那邊看，也沒有回答她。

真邊由宇筆直地朝我跑來。

她兩手撐在膝蓋上，身子往前屈，喘了好一會兒氣。
「還好嗎？」我問她。
真邊頻頻點頭，回答：「空氣、不夠。」她有時會忘記人體存在著極限。
等到呼吸聲平復之後，我問她：
「妳為什麼在這裡？」
「因為我看到你。」
「所以妳就跑過來了？」
「沒辦法啊，誰教七草你坐上了計程車。」
「為什麼非得追上我呢？」
她皺起眉頭，抬頭看我。
「莫名地就覺得要追上。」
「聽好了，真邊。高中女生不應該不明所以地就全力快跑。」
「為什麼？」
「天氣冷的時候一旦流汗，很有可能會感冒。」
其實並不是這種理由，但為了讓真邊接受，我姑且給了一個簡單好懂的答案。她點點頭表示：「我知道了，下次我會盡可能在天氣暖和時再這麼做。」

「啊，不過，我有事要問你。」

「很不巧，我現在有事要處理。」

「很快就好，只要你回答我就行了。」

我小聲地嘆了一口氣。

「什麼？」

「告訴我，為什麼你要塗鴉呢？」

從今早開始，我就被不同人詢問過一樣的問題，塗鴉的理由真的那麼引人興趣？算了，畢竟我是自作自受。

「沒有什麼特別含意，我只是隨興亂畫而已。」

「騙人。你這人最討厭那樣的事了。因為任性而給他人帶來困擾的舉動，你總是能避就避。如果你真的是犯人，那就不可能什麼理由都沒有。」

真邊筆直地凝視著我，那是張沒有表情的臉，宛若物品。不像是人類，而是更簡單、如記號般的美麗臉龐。從她那對黑色眼眸中，難以置信地感覺不到意志或者決心之類的東西，只是像兩潭平靜清澈的湖水。

「從早上我就一直想問了。但我無法把話統整好，猶豫著不知是否該觸及這件事。但請告訴我，你是因為我才去做自己討厭的事嗎？」

我搖搖頭。

「為什麼妳會這麼說呢？那不過是個塗鴉而已。跟妳有什麼關係呢？是我擅自惡作劇，然後被人發現、遭到責罵罷了。」

「但是堀同學說過，我奪走了七草的決定權。」

「沒有這回事。」

大家都誤會了。

大家都誤會了真邊由宇。

「我是按照自己的意思去行動的，雖然旁人看來或許是這樣，但至今為止，我從來都沒有被妳強制去做過什麼事。」

「這點我知道。七草你其實出人意料地頑固。」

「我才不想被妳這麼說。」

「我還滿瞭解七草喔。你是個祕密主義者，會毫不在意地說謊好把事情蒙混過去，有時很壞心眼，老是無謂地隱藏自己的好惡，整體而言並不坦率。」

「妳是特地來找我吵架的嗎？」

「而且非常溫柔。」

真邊的聲音出奇地有力、具攻擊性而且很尖銳。

「七草比誰都溫柔，所以我有時候會擔心。」

「才沒那回事。對他人溫柔是件非常累人的事。我總是很快就放棄，很輕易地便放棄任何事。」

和真邊由宇不一樣。

我無法像她一樣單純地追逐理想。無論對誰都能夠溫柔相待當然比較好，可是那麼辛苦的事我堅持不來，所以至今我拋下了不少事情。

然而她卻搖搖頭。

「才不是，只有七草沒有放棄我。」

我一時忘了呼吸。

這是我不想從真邊口中聽到的話。她是個對他人的情緒沒有自覺，遲鈍、粗暴，從來沒有考慮過什麼叫做放棄的女孩。我一直都這麼相信，然而……

「七草可能覺得我是個笨蛋吧。」

「嗯，的確是。」

「也許我真的是個笨蛋，但我的視力挺不錯的，耳朵也很正常。」

「我覺得這跟眼睛耳朵沒什麼關係。」

「能夠正常地看見東西、聽到聲音的話，就不可能不感謝你。」

真邊的手往我的制服袖口伸了過來。

我無法閃躲，也無法揮開，只能任由袖口被她抓住，那力道柔弱又纖細。

「七草放棄的全都是和自己有關的事。你只會放棄能夠讓自己變輕鬆、得到好處的事情。你總是為了他人放棄自己的事，獨自肩負各種辛苦。」

不對。我真正無法放棄的只有一件事。

我很想不顧一切地反駁她；想對她說別把妳個人的理想強加在我身上；想粗暴地把她的手甩開，轉過身去。

但是我做不到。

夕陽已經隱藏了蹤跡。在厚重的雲層遮蔽下，月亮似乎也不打算露面。燈塔的光只是一直照著海的遠方，我看不清楚真邊的表情。

儘管如此，從郵局透出來的微弱光線映照出她的淚水，晶瑩透亮。

「我有時候會覺得自己身在黑暗之中，明明只要有顆小燈泡就能得救，但我的手上卻沒有。這兩年來，我時常有這種感覺，每每都會想起你。」

真邊由宇在哭，無聲無息地流淚。

這是怎麼回事？她的情緒總會在奇怪的時間點被引發，現在還為了莫名其妙的事，自顧自地哭了起來。果然無論何時都是如此，唯獨真邊由宇會讓我感到煩躁，讓我喘不過氣。

「我其實心知肚明，七草總是幫我照亮周遭，我一直都被你保護著。」

我並不要求人生發生好事，也沒想過要讓真邊由宇笑聲不斷，只是想把壞事阻隔掉而已，我不想看到她哭泣的模樣。

可是，結果卻是這樣。我早就知道了，最後我一定會失敗。

「把你打算做的事告訴我啊。」她以沙啞的聲音說。「我絕對不允許你獨自受苦。」

我不禁失笑。

她說的話太過偏離事實，這點非常符合她的風格，讓人覺得好笑。

——我唯獨不想從妳口中聽到這樣的話。總是擅自扛起辛勞的人是妳吧？無論何時我都只是在一旁看著妳，自作主張地提心吊膽而已。

「把眼淚用在說服上是犯規的行為。」

「我又不是想哭才哭的。」

「真的沒什麼大不了的事啦。」

我總是在放棄。

很久沒有因為消極的事而感到意外了。這跟預定不同，我沒有想到對真邊由宇保密這件事會失敗。

「我和妳一樣，我也打算跟魔女打交道。」

＊

來到這座島後，我馬上舉出兩個假說。

第一個是階梯島的形成——說白一點，就是關於我們是被誰拋棄的。由於太過偏離現實，那個假說我自己也不太能接受。但我為了去見魔女而爬上階梯，並於途中遇到了那些難以解釋的事之後，這個假說突然增添了幾分真實性。

第二點是魔女的事——被稱為魔女的人物，其目的究竟為何。關於她想隱瞞與保護的事物，只要看過階梯島的現狀就能夠明白。

至今我沒有向任何人提過這兩則假說，因為我從來就不想揭穿階梯島的祕密，只要能夠悄悄地在島上生活就行了。

不過一切都在與真邊由宇重逢時改變了。

我無論如何都無法容忍她待在這座島上。

所以我畫了塗鴉。我要跟魔女交涉，說得更直接點是威脅魔女，讓她同意我的無賴目的。

這點如今也沒有改變，無論要犧牲什麼、使出什麼手段，我都要把她送出這座島，我已這麼決定。

＊

「我希望妳跟我做個約定。」

我目不轉睛地盯著真邊。

「今晚，無論妳接下來看到了什麼、聽到什麼，都絕對不能告訴任何人。」

本以為她會問我：「為什麼？」

但真邊由宇只是擦了擦淚水，深深地點了頭而已。

4

我握住燈塔的門把。

這次很簡單就轉動了，無須施加什麼力氣。

一陣宛如微弱哀號的聲音響起後，門打開了。裡頭一片漆黑，空氣中混著塵埃，差點讓人輕咳出聲。

我們走進燈塔裡面，任由門敞開。裡頭感覺不到人的氣息，一道螺旋階梯沿著內牆通往上方，抬頭仰望，那裡也是黑漆漆的看不出什麼。

「要爬上去嗎？」真邊問。

我搖頭回答：

「我不是要來找失物招領處的負責人。」

我慢慢地走進去。其實本來根本不需要來到這裡，可能在三月堂的飯廳就能把事情辦成。我要找的東西就在螺旋階梯前方，放在一張木製小桌子上——粉紅色的老舊電話。

我一走近，電話就響了起來，嘰鈴鈴鈴、嘰鈴鈴鈴，恣意又吵鬧的聲音。

我拿起聽筒。

「把門關上。」

真邊一關上門，燈塔裡頭幾乎完全陷入一片黑暗。門的縫隙透進了一點夜晚的亮光。跟完全的黑暗相比，夜晚竟顯得明亮。

將聽筒湊近耳朵也沒聽到說話聲，不過藉由傳來的輕微呼吸聲，可以知道另一端有人在。黑暗消除了距離感，我閉上眼睛，想像著耳邊的魔女樣貌。

「初次見面，我是七草。」我說。

聽筒傳來了女性的聲音，並沒有用機器變聲過，但是卻聽不出年齡，聽起來既像上了年紀的人，又似乎非常年輕。

「我並不是第一次跟七草說話。」那道聲音說。

確實有這個可能，在我的假說之中也包含這點。

「但是我已經忘了和妳見面時的事了。」

「嗯。」

「是妳讓我忘掉的嗎？」

「是啊。」

魔女的聲音聽起來有點雀躍，就像對幼兒說話時的那種純真語調。

「你找到失去的東西了嗎？」

這個問題並不正確。

「不，我沒有失去任何東西。」

使用第二人稱並不正確。在告知這座島上的規則時，一定得稱呼對方的名字——必須找到七草失去的東西、必須找到真邊失去的東西。

我首先感到疑惑的是這一點。

為什麼不能用你或妳呢？為什麼非得講出名字？

答案顯而易見。在這個問題之中，七草不是指我，而真邊也不是指她。

「我知道七草失去的東西。」

這裡是被丟棄的人的島嶼，一個有如垃圾桶的地方，理解到這點時，我便思索了起來。

——那麼我們到底是被誰丟棄的呢？

然後我像往常一樣做了最壞的假設，以最無藥可救的答案為根據擬定假說。

「我一直想不通為何失物招領處位於燈塔之中。但是想到燈塔的功用後，我就隱約想像到了。它照射的是海的另一邊，是為了從島外前來的人而存在。失物招領處的存在並非為了島上的居民，而是為了從外面前來尋找失物的人。」

丟失東西的七草在島的外面。

這座島上塞滿了失去的東西。不，失去的東西是一種善意謊言，其實這裡塞滿了被丟棄的東西。

「是七草把我丟棄的吧？我被自己揉成一團，扔進了垃圾桶裡面，而終點就是這裡吧？我不是尋找的一方，而是被尋找的一方。」

這座島上的居民都具有某些缺點。例如害怕學校的老師、愛說謊的友人、無法正常與人對話的女孩，以及凡事都往負面思考的我。

我們被自己給丟棄了。

雖然感覺很不合理，但這麼想卻最為自然。

「七草捨棄了自己的悲觀人格，把討厭的部分送進這座島，那個分離出來的人格就是我吧？」

對七草來說，想要成長、變得成熟，必須改善的缺點就是我。島外有個真正的七草，他捨棄了悲觀的我，稍微成長得有模有樣。

這裡大概盡集結了於成長過程中被丟棄的人格吧。

在外面世界的匿名老師本尊肯定已經克服對學校的恐懼了吧。真正的活了一百萬次的貓也不再使用那些虛構的名字。現實中的堀能夠笑著和同學們聊天。

這是好事，很棒的事，每個人都得到了幸福的未來。

可是這些我才不管。

那跟我沒有關係。跟在這座島上的匿名老師、活了一百萬次的貓和堀都沒有關係。

這座島上的中心存在著階梯，但是我們無法爬完那道階梯。在成長過程中被丟棄的我們絕不可能成長，只能待在這個像樂園般的垃圾桶中，與外界毫無交集地過日子。就像懸吊在牆上的秒針，從嚴苛的命運中得到解放，只能度過形同空白的時間。

——這裡是被丟棄的人的島嶼，想離開這座島，七草就必須找出失去的東西。

真是廢話。

既然我不是真正的七草，只是一個被丟棄的人格，那麼我離開這座島的條件早已確立，那就是由真正的七草翻遍垃圾桶把我找出來。也就是說除非現實中的七草無法成功克服缺點，否則我就只能一直待在這裡，哪兒也去不了。

「你說得沒錯。你好棒，竟然明白了這麼多事。」魔女說。

我緩緩地吸氣、吐氣。

這種事原本我並不在意，已經放棄得很徹底了。我並沒有想要改變這座島，也不打算揭發這座島的真相。只要能在這裡安靜平穩地過生活，那就足夠了。

可是，唯有一件事，一件我絕對無法容忍的事發生了。

——為什麼真邊由宇會在這裡？

是她把自己丟棄了嗎？那個真邊由宇？那個愚蠢、脫離現實，又不明白他人心情，直率到底的理想主義者？不敢相信，也不想去相信。唯有真邊由宇不應該出現在這裡。無論如何，我都無法容忍她產生缺陷。

我問魔女：

「為什麼妳能夠將人格的一部分分割出來呢？」

「我可是魔女喔，魔女會使用魔法啊。」

「既然這樣，妳也能夠讓一切恢復原狀囉？」

「當然有辦法。」

「妳有收到我的信了嗎？」

「有，不好意思我還沒寫回信。」

「沒關係，只要現在能夠聽到妳的答覆就行了。」

魔女全面掌控著階梯島，她的支配很和平。也許沒辦法將一些瑣碎的不滿完全消除掉，但即便如此，階梯島依舊維持著自己的平穩，也有屬於階梯島的幸福，是魔女保護了這一切。

所以魔女才會一直隱瞞階梯島的真相吧。這座島上的居民全都是被自己丟棄過來的，這種悲劇得可以的實情，她應該無論如何都不想公開。

所以我才畫了塗鴉。為了把對我來說最美麗的東西帶到垃圾桶外，我一點一滴地公布了魔女想要隱瞞的事情。

——魔女只把過去禁錮在這座島上。未來又在哪裡？在島的外面。

——你們就身在鏡中，而你們究竟是什麼？只是虛像。

——「失去的東西」就在你身邊。所謂失去的東西是什麼？當然就是我們自己。

「下次我將畫出更具決定性的塗鴉，但是妳應該不希望島上的人知道真相吧。」

魔女以沉穩的語調同意我。

「對啊，畢竟我還挺喜歡這裡的。」

終於進入正題了。

「那麼，妳願意答應我一項任性的請求嗎？」

只有一件事，把真邊由宇帶回原本的地方就行，除此之外我別無所求。

可是魔女在電話的另一頭笑了。

「不，那種事不足以成為交易的籌碼喔。」

「為什麼？」

「你失去了來到這座島時的記憶，因為我把它消除了。」

「嗯。」

「如果有必要，我可以再做同樣的事喔。只要把你的記憶消除，事情就解決了。」

我嘆了一聲。

我並不意外，這是預料中的回答。不管何時，我總會先設想最壞的可能。

「最後的塗鴉我已經畫好了，就算我失去記憶，塗鴉也會一直留在這座島上。總有一天，一定會有人發現它。」

如果這招還是不行，那就沒有辦法了。

只能放棄、拋開，另尋他法。

我在黑暗中沉默不語，緊握著聽筒等待魔女的答覆。真邊在後方看著我。我沒有轉身確認，但知道她一動也不動，幾乎屏住呼吸地注視著我。

「不，你並沒有畫出那樣的塗鴉。」

「為什麼妳會知道呢？」

「因為我一直注視著。」

魔女用一種宛如母親的溫柔語調說道。

「我一直注視著你，所以你的事我全都知道。」

我被監視了？魔女的能力是如此至高無上的嗎？

「爬上階梯吧。救贖也好，並非救贖的事物也好，一切都能在階梯上找到。」

留下這句話後，魔女掛斷了電話。

我有好一會兒都無法將聽筒從耳邊拿開。

我在黑暗中呆呆佇立於電話前，只覺得雙腳無力，也忘了如何活動雙手。與魔女的對話讓我深感疲憊，全身的神經都劈哩啪啦地斷了，可是依然沒有得到我期望的東西，到最後我還是失敗了。

身後傳來真邊的聲音。

「魔女說了什麼？」

我伸出手摸索確認電話的位置，在幾乎不見五指的黑暗之中，把聽筒放回它原本的位置。

我慢慢地深呼吸一次之後，重複魔女的話。

「爬上階梯吧。救贖也好，並非救贖的事物也好，一切都能在階梯上找到。」

「是嗎？」

和平時一樣，真邊的聲音很冷靜，令人難以相信她剛剛才哭過。

「那麼我們就去爬階梯吧。」

沒有其他辦法了。不過，那樣真的行得通嗎？我以前也曾經爬過那道階梯，但是無法抵達頂點。

「妳昨天也有去爬階梯吧？」

「嗯。」

「結果怎麼樣？」

「沒有成功。非常灰心無助，感覺少了什麼東西。」

我的手被一隻冰涼的手握住。

「不過，和七草一起爬的話，我想應該能夠爬得上去。」

聽到這句話的同時，我的手被用力地牽了起來。

——是啊。

我隱約意識到。

一直以來我都跟在真邊身後。

這大概是第一次被她牽起手。

5

兩人手牽手走在鴉雀無聲的夜路上。

我們背對燈塔，朝著眼前所見的山前進。直到半山腰都還亮著星星點點的燈光，光線照亮了階梯，那階梯與學校相通，但是燈光只到那裡就中斷了。魔女身處的山頂完全籠罩於深沉純粹的黑暗之中，只有比夜空還要暗而漆黑且巨大的影子橫臥在上頭。

真邊朝著山筆直走去，那畫面就像某齣古戲中的場景，有些無厘頭，卻又莊嚴神聖。本來我只是一名觀眾，現在卻被拉著手，在不知道劇本怎麼發展的窘況下，拖到了我不應該在場的舞台上。

「大地為什麼要丟棄他自己啊？」真邊說。

我想她這句話肯定不是一個疑問。畢竟她的腦筋轉得很快，既然聽到了我和魔女的對話，想必也已經推測出答案。但真邊的話聽起來也不像是在自言自語，於是我明白那雖然不是疑問，但她希望能從我口中聽到答案。

「他想要正常地成長吧。」

就像小雞衝破蛋殼，蝌蚪放棄用鰓呼吸登上陸地一樣。那個年幼的孩子就算在痛苦的伴隨下，也想要照原本應有的姿態來成長。

「大地大概打算努力去愛他的媽媽。」

大地說他討厭媽媽，說他很害怕自己那種討厭媽媽的心情。

他是個溫柔的孩子。溫柔的小學二年級學生，竟然會討厭媽媽討厭到覺得害怕，箇中原因只能讓人聯想到悲劇性的事情。

然而大地肯定是把自己的那種心情給丟了，他決定正眼面對媽媽、決定去愛媽媽。我覺得這非常了不起，應該要拍手鼓勵他這麼做，所以才會連魔女都不惜打破以往的規則，把他「應該丟棄的部分」接收到這座島上。

真邊壓根兒沒有回頭看我。

她一面筆直地向前走，一面以不帶情感的壓抑聲音說：

「可是這麼一來，島上的大地該怎麼辦？」

那還用問。

我們認識的大地只不過是被丟棄的一部分，是為了讓真的大地正常成長、獲得理所當然的幸福而不再需要的部分。他只能一直討厭媽媽，一直害怕著這份心情，在這座島上生活下去。用在階梯島上也能尋找到的微不足道東西，來填補我無法想像的深刻傷痛。

如果就理想面來說，大地不應該去拜託魔女這種人吧。只要靠自己的力量克服問題，這座島上的不幸大地也就不會誕生了吧？

真的嗎？我捫心自問。

我知道答案。那種事不可能如此理想。他才小學二年級而已，把責任全部歸咎給小孩子，隨意對他喊喊加油，果然是不對的。那並非我的理想，也不是真邊由宇期望的理想，肯定對任何人來說都不算是理想。

大地丟棄自己的選擇大概是正確的吧。他肯定正確地思索過、正確地採取了行動吧。魔女的魔法是確實的救贖，是可稱得上奇蹟的能力，但卻帶有無可奈何的副作用。當現實的大地往前邁進的同時，就悲劇性地在階梯島上留下了「被丟棄的大地」。

這種結果又能怎麼辦？

哪裡會有完美的答案呢？

充滿錯誤、只能選擇錯誤方法的問題，在我們身邊到處都是。既然這樣，也只能接受錯誤、放棄掙扎、忍痛努力堅持下去而已。

現在我的左手與真邊的右手相連，我感受著她的小手，甚至發覺它很脆弱。

然而在我的認知中，她是最強大及美麗的。

我問真邊由宇：

「妳到現在也還認為應該讓大地離開這座島嗎？」

要讓他離開島，相原大地——這是指在島外的相原大地，就必須取回失去的東西，也就是他得重新拿回討厭媽媽的情感及害怕自身情感的心。

「那當然。」

真邊由宇只是筆直地注視著前方。

「有人把不該推到大地身上的事推給他，這件事是錯的啊。」

「那妳要怎麼做？」

「改變現實。讓大地離開這座島後，可以不再哭泣，不用再去拜託魔女。」

「妳知道他的情況嗎？」

「完全不知道啊。」

「那不就連辦不辦得到都不清楚嘛。」

「不可能辦不到啦。」

她絕對不會偏倚的程度，簡直讓人火大。無論何時，只有真邊由宇會激怒我，只有她會讓我情緒激動。

「媽媽被孩子所愛並不是那麼困難的事，才不需要什麼魔法。這不是什麼理想論，只是理所當然的事啊。」

我心想這就是理想論啊。如果這世上所有的理所當然都一個不漏地被保護著，那地球上大部分的地方都是樂園了。

「也就是說妳要離開這座島？」

「嗯，首先要找出現實中的大地。」

「喔。」

我早就猜到了真邊由宇的結論。

自己把自己拋棄的小孩，這種事她才不會容忍。我這個人不管做什麼都不順利，老是對事情有所誤解，但唯獨猜中真邊由宇的想法，我有自信不會錯。她太過單純，不會違背我的期待，讓我胸口發疼。

可能是這份疼痛害的，也可能是相連的手產生的溫度影響，抑或是多雲的夜空中找不到手槍星的緣故，我不做任何考慮地說出了沒打算吐露的話。

「我早就知道了。」

這是懺悔。

原本這些話應該要永遠留在我的心中。

「因為我知道妳會這麼說，所以才同意妳跟我一起進到燈塔之中。我決定也利用大地。」

真邊終於稍微回頭看我。

「利用？」

「因為聽完我和魔女的對話之後，妳絕對會想辦法離開這座島。」

「我本來就打算要跟七草你一起離開這座島啊。」

「我不走。」

我有必要留在這座島。

「妳要一個人離開。」

「為什麼？」

「因為那是我的理想。」

我有一樣想守護的東西，就算捨棄其他所有一切，唯有這樣東西我絕對不願放棄。

我想讓像傻瓜一樣勇往直前，堅強又脆弱的理想主義者一直保持她的美麗、純粹，沒有絲毫缺陷與動搖。只要這樣就夠了，這點便是我全部的理想。

所以我無法容忍真邊由宇出現在階梯島上。

這意味著她丟棄了她自己。我明白是她自己選擇讓自己產生缺陷，但我絕不允許這種事發生。

然而與此同時，我發覺到更令人絕望的事。

真邊失去了將近三個月的記憶。而我來到這座島已過了三個月，但我只失去了四天的記憶。

換成另一種說法來解釋——真邊和我失去的記憶，是從這個夏天的同一時期開始，直到我們來到階梯島。時間點上奇妙地一致。

而且我認得真邊身上那套水手制服。那是當然的，因為直到這個夏天為止，我幾乎每天都會看見。那是我所就讀的高中的制服。

於是，很容易便可以想像到我們之間發生了什麼事。

——會不會在三個月前，我和真邊重逢了？

然後——

——因為和她重逢，我丟棄了悲觀主義的我；真邊是否因為和我重逢而丟棄了理想主義的她？

沒有比這個想像更可怕的事了。我——七草竟然親手讓唯一想守護的東西產生缺陷，這是絕對無法容許的事。

「我們從一開始就互相矛盾。」

真邊由宇是我的英雄，是唯一一樣真正美麗的事物，但我無法與她產生共鳴。她的理想的確很高貴、耀眼，但不管在什麼時候，都無法與我的結論一致。我們原本就不可能走在一起。

——所以兩年前，我笑了。

我從一開始就放棄與她在一起，只希望一切能夠漂亮地落幕。真邊就這麼完美無瑕地從我眼前離去，我對於以後能在美好回憶的裝飾下過日子感到安心。

真邊只要當我的手槍星就好，掛在群青色的天空中，絕對無法伸手觸及。只要我相信她仍在世界的某處閃閃發亮就好，那道光不需要照射到我。光是這樣就是我的救贖，我的願望就只有這麼一點，僅此而已，真的。然而……

肯定在我們重逢之後，我又不禁許下了想要和她在一起的願望。

說不定我們兩人祈禱著相同的結果。

所以我們才只好丟棄彼此互相矛盾的部分吧。七草放棄了悲觀主義，真邊放棄了理想主義。

「我們本來就不應該在一起。」

所以我要留在島上。

現實的我一定得確實丟棄悲觀主義，好讓真邊能夠不需要丟棄理想主義。我只能屏住氣息躲藏在垃圾桶底下。

「我也早就知道了。」

真邊依舊筆直地凝望前方。

「既然是我把自己丟棄了，那點原因我馬上就能明白。但是世上才沒有什麼不應該在一起的人。」

「的確如此，所以我才會待在這裡。」

為了讓原本不能一同前進的兩人攜手前進，我把我給丟棄了，並將其視為理所當然的正常成長。

「我無法接受。」

「為什麼？」

「我才不想承認，所謂成長必須捨棄什麼才能前進。」

「那不過是說法上的問題，所有的成長都是拋下脆弱、錯誤的自己啊。」

「可是這座島確實存在啊。」

真邊直瞪著黑漆漆的山頭，一回神才發覺它已經近在眉梢了。只靠仰望難以認清它的高度。

「不只是說法上的問題，被丟棄的你和我確實都在這裡啊。」

「只要妳不在這裡，我就能接受這塊地方，甚至可以聲稱這裡是樂園。」

只要真邊由宇不在。

階梯島位於距離不幸很遙遠的地方，或許也距離幸福很遠，但只要並非不幸，就能堅稱自己很幸福。

真邊握著我左手的手十分有力，幾乎讓我感到疼痛。

「我不想把七草留在這裡。」

謝謝。我沒有出聲答覆。

「但是妳必須離開這座島。」

真邊由宇不可能就這麼放著相原大地不管。

比起我，追逐理想的她肯定會優先處理那個小孩的事。

我們依舊矛盾地牽著手，來到階梯前。

救贖也好，並非救贖的事物也好，一切都能在階梯上找到。

6

通往山頂的階梯就位在校舍後面的暗處。

那是條間隔緊湊、高度參差不齊的階梯，有些台階是用光滑的石頭砌成，有些的則很粗糙，不過每一階都彷彿在悄悄地隱藏氣息。那模樣感覺不像是人造物，倒像是在偶然之中，歷經漫長歲月，於風吹雨打等自然現象下誕生的東西。階梯蜿蜒曲折，就算抬頭往上看，在黑暗與樹木的遮掩下也看不清楚前方。

我們手牽著手走上階梯，窄小的階梯讓兩人並排登上顯得有些侷促，可是我們依舊照樣前進。

一路上沒什麼泥土或青草的味道，冬天的空氣將這些氣味都削弱了，給人一種清冷、乾淨的感覺，貼著微微出汗的肌膚十分舒服。

我們在黑暗中留意腳下，一步一步地爬上階梯。

這動作頗有一種儀式的感覺，跟現實中的移動性質完全不同。右腳踩上下一道台階，接著左腳又踏上了再下一道台階。看不見階梯的盡頭，甚至感覺不到自己正在往上升。儘管如此我還是往下一級台階前進。目標朦朧不明，我也沒在追求什麼結果，只是不停往上爬，像在對某種浩大的對象祈求。

沒有鳥兒啼叫，也沒有風吹拂過來，這道階梯上沒有生物的氣息。黑暗的另一頭也感受不到野獸的呼吸，聽不到蟲聲，就連一片落葉也沒飄下。我曾聽說魚無法在純水之中生存，同理可證，純粹的寂靜也會拒絕所有生物。

能夠聽見的就只有我們的腳步聲和呼吸聲。相對地，這些聲音不可思議地融入了這塊地方。我們每走一步，階梯就鼓動一下。視野很差，就有如黑暗站在前方般，樹木也黑壓壓一片。但不可思議地我並不覺得恐怖，就連指尖也一點都感受不到不安。我們成為狹長階梯的一部分，被溫柔地包裹在裡頭。

我們盡可能放低音量，說著連魔女都聽不到的悄悄話，聊起至今為止的回憶。我們相互逗樂，偶爾一起嗤嗤地笑了起來。就算階梯永遠延續下去，我們的回憶也不會在途中就斷掉。我記得連真邊本人都忘了的她的事，真邊記得連我自己都忘了的我的事。結果我有好長一段時間都只是注視著她，同時我也知道真邊在黑暗之中也用她那純真的雙眼看著我。那大概跟被神明注視的感覺相去不遠。現在的我已經沒有任何祕密，因此沒有必要害怕被人看穿一切。

這一切都是儀式，我再次心想。既不是要奉獻給魔女，也不是要奉獻給階梯，而是為了把真邊從我身邊送出去，就算不神聖仍有價值的儀式。只要再稍微延遲一下告別的時刻，於這個群青色的星空下把她送回最重要的地方去就行了。

以前我也爬過這道階梯，單獨爬行時總伴隨著恐懼，就好像在迎面而來的強風中壓低身子前進似地，讓人喘不過氣。但是現在不一樣，感覺完全不同。時任小姐曾說「那裡是個非常隱私的地方」。不可思議地，和真邊一起登上台階後我才終於實際體會到那句話的含意。我有點緊張，胸口有些疼，兩腳無聲地累積了疲勞，可是現在我卻感受到了極為難得的安心感。即使沒有充分的理由，我仍覺得一切都能夠順利進行。

——肯定是因為這將會是我最後一次待在真邊由宇的旁邊。

這點千真萬確。

真邊由宇是個堅強的女孩，但她愈是堅強，看起來就愈脆弱而容易受傷。這個世界上有各式各樣的事物與她為敵，有時就連溫柔、體貼、關愛等無可奈何的感情，也會成為她的敵人。

全世界如果都像真邊由宇那樣就好了，任誰都能無後顧之憂地相信著理想，沒有一點混濁，十分清澈美好。能這樣就太好了。但就連幸福與喜悅也會出現在與她的理想不同的地方，每當遇到這種事，我就會悶悶不樂。

真邊由宇比這世界小得多，比這世界柔弱得多，就連跟這個階梯島比起來也微不足道。

儘管如此，我還是希望真邊由宇的堅強能夠原封不動地保留在這世界的某個角落。希望她一直完美無瑕。就算我明白那是不可能的事，也知道她能夠保持原樣活了十六年已經是一種奇蹟，但我依舊不想看到真邊由宇出現一點裂痕。

必須有人陪在真邊由宇身邊。

美麗又脆弱的她必須由人守護。

所以現實的我才會把我丟棄，認為悲觀的我很礙事。但是只有一件事我絕不放棄。唯有守護真邊由宇的意志與哲學這件事，是我無法放棄的。既然如此，我——垃圾桶裡的我，就得把真邊由宇送回現實中的我身旁，剩下的事就只能全盤託付給現實中的我了。明明託付的對像是我自己，心中卻多少還是有些不放心，胸口有點痛。但這是我能想像得到的最佳結果。

月亮從雲層縫隙間稍微露出臉來，藉著月光可以看出霧氣相當濃。漆黑的黑暗籠罩著階梯島，身邊則飄盪著白色的晦暗。我們連彼此的臉龐都看不清楚，我只感覺得到她的掌心。冰冷的手，溫暖的手，真邊由宇的溫度。

我用力握住這份熱度，這時兩人的漫談回憶突然中斷，當然不是因為話題說盡了，只是有些時候沉默遠比言語還要滔滔雄辯。

揪住胸口的沉默過後，傳來了真邊的聲音。

「來訂個約定吧，七草。」

兩年前也曾聽過這句話，但這次的威力完全不一樣，她的聲音裡充滿了自信。很清晰，絲毫沒有一點顫抖，就像不透露情感的遠方星星傳來的光芒，直接了當。

「我們一定會重逢。」

這口吻聽不出來是約定，倒像是把決定告訴我。有那麼一瞬間，我想點頭答應她的話。也許從兩年前起，我就一直這麼期望著，從未中斷過。

但我當然搖了搖頭。在夜裡的黑暗與濃霧包圍中，她一定看不到我的模樣，不過我知道她還是明白了我的意思。

「做個約定吧，真邊。」

偶然相遇的我們能夠偶然在一起的時間，就到此為止了。

「我們要一直維持原本的樣子喔。」

其實我會變成怎樣都無所謂，反正我個人沒有什麼必須守護的地方。只要能夠讓真邊由宇保留住她原本的樣貌，我甚至可以遠離她。

沒有聽到答覆。

她既不肯定也不否定。

她的溫度突然從我掌心消失，這變化彷彿讓夜晚變得更加黑暗。世界失去了她那份光芒，由群青墜往黑暗。明明一直牽著手，真邊由宇卻突然沒有跟上來。

我停下腳步，在伸手不見五指的濃霧中，一個人輕輕地握住自己的左手。我還有很多話想對真邊說，這段階梯顯然不夠長。不過我真正想傳達的訊息已經都傳達給她了，所以雖然我沒什麼自覺，但我應該是笑了。

我想起以前看過的那片星空，不自覺地想哭。真邊由宇已經到了很遙遠的地方去了，我再也找不著那道光輝。這樣就夠了，這是最好的結果，可是胸口卻傳來一陣又一陣的痛楚。我搖搖頭，好忘記那片夜空。「消失吧，群青。」我低聲道。讓我待在黑暗之中就好，高貴的光芒沒有必要照亮我。

眼前的階梯依舊往上延伸。

我深深地吸了一口氣，然後緩緩吐出。我沒有流淚。在那之後，我就這樣握著左手，獨自一人往上爬。

我知道在這上頭會發生什麼事。

*

九月底左右，我曾經爬上階梯。

朝著魔女居住的山頂往上爬時會發生什麼事，我大概有所耳聞。階梯永遠都走不完，最後視野會被濃霧遮蔽，睡魔跟著上門。等醒過來時，人已經回到階梯的起點。雖然是個很難輕易相信的傳聞，但我也發生了幾乎相同的情形。

我的經歷中只有一件事是傳聞中沒提到的。

濃霧掩蔽視線之後，霧氣之中出現了人影，那並不是魔女。當我發覺那個身影時，我確定了階梯島的構造。

階梯島是被自己丟棄的人們的島。我們被集中在階梯的下方，無法從該處移動，也無法成長，只能待在停滯的平穩中打盹。

既然如此，登上階梯後會遇見的人是誰，答案就顯而易見了。

我在階梯上遇見了我自己。

那個拋下我、於現實中稍微有點成長的七草。然後我們簡短做了個交談，內容完全是在雞同鴨講。

這件事對我來說並沒有太大的意義。

我沒有事想問他，也沒有話想傳達給他。我只說了，儘管我們是一個人被拆成兩個個體，但這種事就別太在意，各自去過自己喜歡的生活吧。我對我自己沒有太大的興趣，就對方來看也是一樣。他似乎以為在這條階梯上發生的事，不過是無聊的夢境之一。

所以當時我們只是偶遇然後道別，跟在路上擦肩而過沒什麼兩樣。

但今晚不一樣。

我有話要交代我自己。

*

我已經記不得我究竟爬了多少台階。

真邊由宇消失後的階梯就像水幾乎快滿溢出來的水槽，沉默一處不漏地完整淹沒我。莫名地，連我的腳步聲都聽不見，這樣的沉默根本談不上詩意。

不知是傳聞中的睡意襲來，還是壓迫全身的疲勞所致，我的意識籠上了一層薄霧。什麼都看不見，也聽不到，我甚至懷疑起自己是否還在呼吸。就如同默默待在巨大機械中的某個角落，不停轉動的齒輪一樣，我感覺自己正從意識裡脫離。

即使如此，我還是繼續爬著台階，霎時間，霧散了。階梯毫無預警地在月光下清清楚楚地顯現出來。我停下腳步，將視線往上抬，依然看不到山頂。

不過在前方七、八階，站著一臉無聊的我。

我慢慢地走上階梯，接近那個七草。

「這是我們第二次見面了，還記得嗎？」

他看似不滿地歪著頭回想。

「大概兩個月前，我似乎也做過同樣的夢。」

「那就好。」

「那就好？」

「沒什麼。」

至少這下可以確定，這不是最糟的情況，我能夠把話傳達給現實的我。

「這裡並不是夢境，雖然沒有太大的差別，但還是不一樣。」

「你在說什麼？」

「我不會向你解釋，反正說了你也不會相信，總之你要去找出一個名叫相原大地的男孩。」

我單方面地把必要的事情告訴他——大地是個小學二年級的學生，雖然不清楚詳情，但他的家庭環境似乎有些問題。我還告訴了他地址，那是在夜晚的路上初次遇到大地時，向他問來的情報。

「你一定要保護大地。」

現實的我皺起眉頭。

「為什麼？我不懂你的用意。」

「是真邊由宇這麼希望的。」

我伸指戳向現實的我的胸口。

「聽好了，要由你提出來，邀她一起去見大地。」

「莫名其妙，你好好說明情況啦。」

「就算說了，你也不會相信。」

「你怎麼知道？」

「我自己的事，我怎麼可能不清楚。」

其實我並不清楚。我根本不瞭解我自己。

但有件事我可以確定。不顧自己的聲調因激動而提高，我說：

「你傷害了真邊。」

既然真邊會來到這座島，就代表肯定是那麼一回事。七草傷害了真邊由宇。

這傢伙——我做了絕對不可原諒的事。

「你有自覺嗎？」

我在詢問的同時握緊了拳頭，如果他搖頭，我打算揍下去。我還是生平第一次起了想揍人的念頭。

他目不轉睛地盯著我好一陣子。

然後緩緩地點點頭。

「我心裡有數。」

這種說法令人不快，我扯住他的衣襟。

「不准再重蹈覆轍。」

他輕聲地笑了。

「不敢相信這是我會說的話。」

「沒錯，就是說啊，不要讓我說些不像我的話，這麼一來，我都不明白自己是為了什麼而被丟棄的了。」

我想說的就只有這些。

最後，我朝著他再重複了一遍大地的名字與地址。剩下的就只有祈禱了，後續的事我無法干涉，只能相信回到現實的真邊由宇還有現實中的我能夠順利完成這件事。

我放開他的衣襟，打算就這麼轉身走下階梯。

但是在我那麼做之前，他叫住我。

「我隱約明白了，你是被我丟棄的我吧。」

「你還記得？」

「我記得和魔女見面的事，那是暑假快結束的時候。」

「無所謂啊。」

「不能這麼說。我已經不再像你這麼自虐了，開始會為自己著想。為什麼理應被丟棄的我會出現在我面前呢？」

「誰知道。魔女會使用魔法，什麼事都可能發生。」

「嗯，說得也是。那為什麼你會這麼生氣呢？」

「你問我為什麼？」

那還用說，會讓我煩躁的事情，在這世界上就只有一樣。

「真邊由宇也跟魔女見面了。」

我一說完，現實中的我臉色不免有些僵硬。

「然後呢？」

「我又受到牽連，背負了額外的麻煩，相當罕見地奔波了一番。不過，明天早上她應該就會回到原本的地方，恢復原本的樣子了。」

真邊現在應該也與現實中的真邊見到面了。我雖然無法想像丟開理想主義而成長的真邊是個怎麼樣的人，但一定沒問題的。她身上有道名為相原大地的魔法咒語，即便缺了一角，我也不認為那個真邊會徹底改變到連小學二年級的小孩都置之不理。真邊肯定會找回原本的自己。

然而現實的我卻偏頭納悶。

「會這麼順利嗎？」

「什麼意思？」

「不知道啦，只是我的計畫從來沒有順利成功的前例。」

我啞口無言。

我想反駁，卻開不了口。

我感到不知所措。無論何時我總是以失敗為前提來擬訂計畫，老是認為事情的發展不可能如我所願。

然而，為什麼？這一次我偏偏無法確切地想像出失敗的可能性。

現實的我似乎感到有趣地笑了。

「你露出了相當意外的表情呢。」

的確如此。

為什麼我能相信一切都會進行得很順利呢？

「你真的不懂嗎？」

「嗯，不明白。」

完全不明白。

「道理很簡單啊。換句話說，當一切都照你的預定進行，就意味著失敗。真邊從你身邊消失時讓你傷心得不得了吧，所以你才會輕易地就相信事情會很順利。」

你是個放棄幸福，放棄到毫無自覺的悲觀主義者。現實的我這麼說。

——真的嗎？

我無法好好地理清思緒。

我覺得他說的話完全不對，但另一方面卻也覺得句句屬實。

——怎樣都無所謂了。

不管是對是錯都不要緊，我對我的事一點興趣也沒有。胸口好痛，但我才不管我身上的疼痛。

現實的我收起笑容。

「那你自己又怎樣？」

「嗯？」

「被我丟棄，你怎麼想？」

「沒什麼，很平常啊。」

「很平常？」

「我活得好好的啊，就跟以前一樣。」

建立了不冷不熱的人際關係，沒有大幸也沒有不幸地活著。只要真邊由宇不在，我的日常生活就很平穩。

「那就好。」現實的我說。

他的眼神看起來像在俯視我，這點讓我不悅。

「啊，不過有一個地方有變化。」

我不知道為什麼自己會起意說出這種謊。

也許是為了對現實的我做出一點小反抗，也或許只是無意義的逞強。

「我稍微有點喜歡自己了。」

無論如何，就算是謊言，那也是我在幾秒鐘前想都沒想過的一句話。或許我在階梯島上真的有了什麼改變。就算依舊消極，也還是有一點點、微乎其微的改變。救贖也好，並非救贖的事物也好，一切都能在階梯上找到。

我沒有向他道別，就這麼轉過身。

然後我想起他剛才那像是困擾又像是疑惑的表情，微微地笑了。

＊＊＊

當我回過神來，人已經在學校校舍的後方。

我呆坐在狹窄的階梯上，看來我似乎是睡著了，雖然想不起是何時進入夢鄉的，不過現在也沒心情對這些事一一感到吃驚了。

我在這個台階上待了多久呢？仰望天空，才發現不知不覺間已是晴空萬里。懸掛著碩大月亮、無數星辰閃耀的夜空，在階梯島上並不少見，但仍是個戲劇化的夜晚。生活在這座島上的都是被丟棄的人，真邊由宇已經不在了。就算如此，晴朗的夜裡依舊有滿天星斗在閃爍。

我還是找不到手槍星。也不知道那顆星是否在我的視野範圍內。我非常疲憊，肚子也很餓，偏偏今晚還相當寒冷。

可是我還是無意站起來，只是望著星空打發時間。心情就像在挑戰人不在這裡而是在別處的現實中的我，想跟他一決勝負。

——竟然說真邊由宇從這座島消失，對我來說就是失敗？

才沒有這種事，我這麼相信著。

這的確是我渴求的目標，是全力爭取後的幸福結果。因為你看，今晚的星空是如此燦爛。只不過我的胸口還留著鮮明的痛楚，讓我什麼都分辨不清了。

階梯島的夜晚很安靜。

不過跟先前比起來，似乎熱鬧了幾分。

草叢之中有秋蟲在鳴叫，也能聽得到風吹樹搖的聲音。每一樣都很真實，這裡就是我的現實。無論階梯島是個怎樣的地方，我們是因為什麼悲劇性的演變而來到這地方，這裡都是我們的容身之處。我想我一定不會再爬上階梯了。

至少階梯島位於與不幸相距遙遠的地方。

這裡自有屬於它的日常，自有屬於它的戀愛和友情，自有屬於它的幸福。就算真邊由宇不在，但活下去所需要的東西這裡全都準備齊全，所以——沒錯，我可以堅稱自己是幸福的。

夾帶著冬天氣味的空氣漸漸奪走體溫，讓身體陣陣顫抖，我開始對寒冷有所自覺。還未到無法忍耐的程度，不過也沒必要勉強忍耐，我任意中斷我擅自開始的比賽，從台階上站了起來。

明天得去洗掉塗鴉，能洗得乾淨不留痕跡嗎？或許有什麼好辦法，趁今晚搜尋一下吧。

我朝著鴉雀無聲的操場邁出步伐。就在這時候——

我聽到她的聲音。

「七草。」

我的嘴角不禁上揚。

果然，我還是輸了比賽。

*

「我很驚訝。居然還有另一個我。」真邊由宇說。

她露出宛如星空的誇張笑容。

「那就是把我捨棄的我吧。她一直弄不懂我想表達的意思，讓我有點頭痛。明明得交代的事情多得很，不知道她有沒有真的理解。我的記憶力不像七草那麼好，應該讓她做個筆記才對。總之為了不被七草拋下，我急急忙忙地把一大段話交代完就趕回來。雖然差點來不及，但幸好還是趕上了。」

真邊說完這些後，安心地吐出一口氣。她的聲量比平常大了點，也比平常多了些起伏，似乎是受到時間催促，也似乎處於混亂之中。

我還無法完整接受究竟發生了什麼事。為何真邊會站在我眼前，跟我說話呢？我希望她循序漸進地跟我說明一下。

我好不容易說出了一句反駁的話。

「我才沒有把妳拋下。」

她微微歪著頭。

「可是我總是為了不被你拋下而匆匆忙忙的。」

「每次都是妳率先往前跑，然後我才追趕在後吧？」

「是嗎？但是你現在不就打算一個人回去嗎？」

「那是因為──」

因為我以為不會再與妳相見了。

我嘆了口氣。

「妳到底為何會在這裡？」

「我們不是約好了，會再見面的。」

「我並沒有同意。」

「嗯，是我擅自決定的。我來遵守自己訂下的約定，應該沒關係吧。」

「大地的事要怎麼辦啊？」

「當然會讓他幸福啊。可是我也不想放七草一個人。」

「考慮一下優先順序吧。」

「我倒不覺得這是誰先誰後的問題。放心吧，因為我已經見到了另一個我。」

她在笑，大膽又坦然。

「因為有兩個我，所以兩邊都選擇，這樣一來就沒有任何問題了。」

一瞬間，我突然無法思考任何事。

但冷靜想一想，這也是理所當然的。真邊由宇是理想主義者，不喜歡捨棄其中一方的想法。既然兩者都能選，她就會兩邊都選。我為什麼沒有想到這一點呢？我不擅長想像自己的幸福。

我不禁嘆氣。

「所以妳把現實的大地的事全都推給現實的妳了？」

「嗯，反正拜託的對象是我，而且另一邊似乎也有七草在。好不容易兩個人在一起了，沒必要再變回孤單一人吧。」

我會在這裡照顧大地，直到另一邊都準備妥當喔。真邊說。

我扶著額頭，這個結論的確是最適合的解決方式。如果排除我想送她離開這座小島的心願的話。

真邊收起笑臉。

「七草覺得我不要回來才好嗎？」

真是的，這是什麼問題啊。

只要她在身邊，我總是得承擔多餘的辛苦。幸福與不幸，被逼近到我唾手可得的地方。

我無可奈何地搖搖頭。

「我當然很高興能再見到妳。」

高興得不得了，高興到連擔心她會有所缺陷的恐懼都忘了。

我以為真邊會笑，但她沒有，只是用一本正經的眼神緊盯著我瞧。

「太好了，其實有件事我無論如何都無法容忍，所以不管怎樣都得回到這裡。雖然我不喜歡為事情定訂先後順序，但那大概是對我來說最重要的事。」

「什麼事讓妳不能容忍？」

「關於你和我啊。」

真邊向我走近一步。

影子的位置改變，月光下，我發覺她的臉頰微微泛起潮紅。

「我不願相信我們兩個一直待在一起，事情就無法順利。那樣簡直就像在否定我們至今為止的幸福。我會證明現實世界的我們是錯的！」

她的話聲暫時中斷，世界因而屏住了呼吸。

月光只照耀著她，彷彿她是宇宙的中心。

她依舊紅著臉，直直地注視我。緩緩開口發出的聲音，就像好不容易從遙遠的星星將光芒投遞到我身邊般，渺小、柔弱、不安定地顫抖著。

「所以拜託你。如果不嫌麻煩的話，請助我一臂之力。」

她說出這話的聲音，聽起來跟兩年前聽到的哭聲很相似。

但又毫無疑問地截然不同。

真邊由宇伸出手，而我握住了那隻手。

這則故事在無可奈何下，自與她相遇的那一刻開始了。

輕文選
LIGHT LITERARY SELECTIONS

消失吧，群青

(原著名：いなくなれ、群青)

日本新潮社正式授權繁體中文版

作者：河野 裕
插畫：越島はぐ
翻譯：KamuKamu

【發行人】范萬楠
【出　版】東立出版社有限公司
【地　址】台北市承德路二段81號10樓
TEL：(02)2558-7277
【香港公司】東立出版集團有限公司
香港北角渣華道321號
柯達大廈第二期407室
TEL：23862312

【劃撥帳號】1085042-7
【戶　名】東立出版社有限公司
【劃撥專線】(02)2558-7277總機0
【美術總監】林雲連
【文字編輯】楊雅茗
【美術編輯】楊佳璐
【印　刷】勁達印刷廠
【裝　訂】五將裝訂股份有限公司
【版　次】2016年1月08日第一刷發行

東立小說網站：http://www.tongli.com.tw/NovelIndex.aspx

ISBN 978-986-462-494-2
中文版銷售地區／台灣、香港